Thierry Jonquet, grand auteur du roman noir français, a notamment écrit *Mygale*, *Les Orpailleurs*, *Moloch*, *Ad vitaem aeternam* et *Mon vieux*. Également scénariste et auteur de textes pour la jeunesse, il est décédé en août 2009. *Vampires*, roman inachevé mais très abouti, a été publié à titre posthume.

Thierry Jonquet

VAMPIRES

ROMAN

Éditions du Seuil

TEXTE INTÉGRAL

ISBN 978-2-7578-8372-3
(ISBN 978-2-02-093245-5, 1re publication)

© Éditions du Seuil, 2011, pour l'édition en langue française

Le Code de la propriété intellectuelle interdit les copies ou reproductions destinées à une utilisation collective. Toute représentation ou reproduction intégrale ou partielle faite par quelque procédé que ce soit, sans le consentement de l'auteur ou de ses ayants cause, est illicite et constitue une contrefaçon sanctionnée par les articles L. 335-2 et suivants du Code de la propriété intellectuelle.

Avertissement de l'éditeur

Thierry Jonquet m'a envoyé ce manuscrit, en cours d'écriture, au début de l'été 2008.

Une semaine à peine après son envoi, et mon coup de fil enthousiaste, il eut un accident vasculaire cérébral et ne put se remettre au travail. Il mourut l'année suivante, le 9 août 2009.

Au Seuil, avec Annie Morvan, après quelques mois de deuil et de peine, nous n'avons pas hésité longtemps à publier ce texte – dont le titre de travail était *Vampires*. Un texte qui rappelle, pour qui a lu *Mygale*, *Moloch*, *Ad vitam aeternam*..., combien le corps à la souffrance, l'immortalité, la mort, tout simplement, travaillaient l'imaginaire de Thierry Jonquet et le traversaient, lui et son œuvre, jusqu'à en être devenus l'une des lignes de force.

Certes, il s'agit d'un roman inachevé, et même largement inachevé, mais c'est aussi un texte très abouti, extrêmement écrit, à l'humour noir ravageur. Du Jonquet à son tout meilleur. Pourquoi le laisser dans l'ombre ? Pourquoi en priver ses lecteurs ? Parce qu'il les laissera probablement frustrés ? Tant pis. Ou plutôt tant mieux : mieux vaut un désir inassouvi qu'un plaisir assoupi. Les amoureux le savent bien, qui préfèrent rester frustrés que de voir leur passion se refroidir et s'éteindre. Et il faut bien l'avouer : nous sommes encore très amoureux des livres de Thierry.

Après l'avoir lu, plusieurs de ses amis et proches ont tous eu la même réaction et nous ont encouragés à le publier.

Voici donc le dernier roman de Thierry Jonquet, une fable sur l'intégration, tout autant que sur le dépassement. Un chagrin face à la mouise, la misère des corps et des âmes, dissimulé derrière l'humour dont on dit qu'il est la politesse du désespoir. Un dernier hommage à l'humour noir qu'il aimait tant. Profitons-en !

Jean-Christophe Brochier

Prologue

Ce fut, par le plus grand des hasards, un immigré d'origine roumaine qui découvrit le corps, le 23 décembre 2007 aux environs de huit heures du matin. Un certain Razvan. Quarante-deux ans, sans-papiers, père de trois enfants, originaire de Timisoara. Il vivotait avec quelques dizaines de ses congénères dans un bidonville en pleine expansion, à la lisière d'une commune de la grande couronne parisienne. Vaudricourt-lès-Essarts, trente-cinq mille habitants, située à l'extrémité d'une ligne SNCF à l'activité imprévisible – pannes aussi récurrentes que mystérieuses, grèves surprises qui jaillissaient comme des colombes du chapeau d'un illusionniste, suicides inopinés de voyageurs –, mais qui déversait, vaille que vaille, chaque matin, son lot de travailleurs au cœur de la capitale pour les récupérer le soir à la gare Saint-Lazare, à un rythme tout aussi aléatoire, perclus de fatigue, moulus de lassitude, afin qu'ils aillent reconstituer leur force de travail à l'abri de leurs cités-dortoirs.

Pas folichon, le décor. Pas marrant du tout. Merdique, pour tout dire. Razvan s'était imaginé la

France bien différemment. Il en avait tant rêvé, en contemplant les dépliants publicitaires, chez lui, à Timisoara. Les Champs-Élysées, la place de la Bastille, le château de Versailles, Euro Disney et tutti quanti. Il avait montré ces gravures de contes de fées à ses gosses. Le réveil n'en avait été que plus brutal. Sa marmaille en nourrissait une rancœur certaine à son égard, surtout concernant Mickey. Il avait fallu déchanter. Razvan n'attendait pas de miracles de ce pays de cocagne, simplement une petite, toute petite place au soleil, un peu de quiétude. En trimant dur, cela allait de soi. Mais rien, la France n'avait strictement rien à lui offrir et en retour n'attendait rien de lui. Rien. Dès lors, que faire ? Envoyer ses garçons mendier dans le métro, ou se joindre aux gangs qui partaient détrousser les touristes japonais dans les allées des jardins du Louvre ? Razvan avait refusé cette solution de facilité. Anton, le caïd qui régnait en despote sur le bidonville où il avait trouvé refuge, ne s'était pas privé de lui glisser une autre suggestion dans le creux de l'oreille : Roxana, sa fille aînée, presque quatorze ans, pouvait faire un carton sur les boulevards des Maréchaux... Dès la nuit tombée, il y avait du fric à palper, en abondance, un gisement d'euros en billets sales, certes, mais quasi inépuisable ! Pas facile, cela dit, avec la concurrence des Gabonaises ou des Chinoises, mais si la petite en voulait, c'était gagné.

– Pas question qu'elle se fasse enfiler, comme toutes ces salopes, hein ? Si tu veux, c'est moi qui lui apprends à sucer, comme ça, t'es tranquille !

avait proposé Anton. Ta femme, elle, elle est plus trop présentable, tu le sais mieux que moi, pas la peine de te faire un dessin… Sois lucide : ta fille, c'est ton seul capital !

Razvan lui avait collé son poing dans la gueule avant de regagner la cabane dans laquelle lui et les siens survivaient. Lucica, esquintée par ses grossesses et notamment une césarienne qui avait failli tourner au désastre, l'aînée, Roxana, et les deux cadets, Sandu et Gili. La cabane ? Un amas de planches surmonté d'une plaque de tôle ondulée, quelques cartons en guise de vitres pour garnir les fenêtres. Trois matelas mités, une brassée de bassines en plastique pour récupérer l'eau de pluie, un réchaud Butagaz, une batterie de casseroles, sanisette à l'air libre au fond du terrain vague, mais le voisin, assez démerdard, était parvenu à brancher une ligne électrique à partir d'un abribus, si bien que toute la petite communauté bénéficiait de la télé, un poste cacochyme qui crachait des effets larsen en veux-tu en voilà, mais permettait malgré tout de capter des nouvelles du vaste monde.

C'est ainsi que Razvan apprit que la solution à tous ses problèmes résidait peut-être dans une nouvelle fuite, vers le nord-ouest, toujours : l'Angleterre, que l'on disait bien plus accueillante que la France. Dans le Pas-de-Calais, à Sangatte, on pouvait risquer le coup, en misant sur la patience. Des passeurs promettaient de trouver une place dans un camion embarqué sur un des cargos qui effectuaient quotidiennement la traversée Calais-Douvres. Séjour en cabine frigorifique avec risque de crever d'hypothermie, croisière dans la cale emplie à ras bord de conteneurs douteux, mal de mer garanti, et, comme lot de consolation si ça tournait mal, comité d'accueil avec distribution gratuite de coups de pied au cul et retour en charter dans le pays natal…

Razvan n'avait plus rien à perdre, au propre comme au figuré. D'autant qu'après l'explication houleuse avec Anton à propos du devenir professionnel de la petite Roxana, ses jours étaient comptés dans le bidonville de Vaudricourt-lès-Essarts… À présent que le monarque de la cour des Miracles avait édicté sa sentence concernant le plan de carrière de la gamine, mieux valait ne pas trop s'attarder dans les parages. Une simple question de prévoyance. En quittant Timisoara, Razvan et son épouse avaient bénéficié du soutien de toute la famille, jusqu'au dernier cousin par alliance, afin de constituer un petit bas de laine. À charge de revanche : une fois confortablement installé en France, le couple ferait venir les uns, les autres, et les aiderait, les guiderait dans leur nouvelle vie… Sept mois plus tard, ledit bas de laine était réduit à néant. Il n'était plus temps de tergiverser. Razvan, au comble de l'angoisse, sentait la pointe d'un poignard lui meurtrir le creux des reins.

*

Oui, ce fut donc Razvan l'émigré roumain qui découvrit le cadavre, par le plus grand des hasards. Un hasard à double tranchant, pourrait-on dire. Un hasard capricieux, ce qui arrive souvent, tous les connaisseurs le savent. Le fait que Razvan fût roumain constitua en quelque sorte un « plus » dans cette sinistre affaire. Dès le premier coup d'œil porté sur les chairs suppliciées, il fut en mesure d'apprécier à quel point le sort s'acharnait sur lui, malheureux natif de Timisoara. À quelques jours près, voire à quelques heures, peu importe, la veille, le lendemain, qu'à cela ne tienne, la poisse se serait abattue sur un autre crève-la-faim, bulgare, béninois, tamoul ou kurde, autant de candidats au départ vers Sangatte, son climat riant, ses dunes parsemées de détritus et battues par les embruns. Lequel crève-la-faim se serait enfui tout aussitôt, pour tracer la route de toutes ses forces, au grand galop. Mais pas Razvan. Qui, comme foudroyé, tomba à genoux et s'inclina face contre terre les bras en croix en récitant quelques bribes de prières oubliées depuis son enfance, mais qui surgirent intactes du fond de sa mémoire…

*

Ce matin-là, bien avant l'aube, Razvan avait quitté les siens blottis les uns contre les autres dans la cabane, pour s'éloigner du bidonville. Une hachette à la main, un sac de toile de jute grossièrement noué en bandoulière autour du torse, il s'était mis en marche, dans la froidure qui pinçait les oreilles et donnait l'onglée. En veillant à ce que personne ne le suive… Depuis une dizaine de jours en effet, il avait repéré un hangar à l'abandon, à un kilomètre au nord de Vaudricourt-lès-Essarts. L'entrepôt d'une ancienne société de transport ayant fait faillite. À la recherche de métaux, de câbles électriques à récupérer pour les revendre à qui en voudrait, ce qui était loin d'être évident. Dans ses pérégrinations matinales, Razvan avait fait chou blanc. Pardi, d'autres avaient eu la même idée, bien avant lui, si bien que le hangar était dépouillé de la moindre tige de ferraille récupérable ! Par contre, sous un amas de bâches goudronnées à demi colonisées par la mousse et le lichen, et même recouvertes de quelques bouquets d'orties, il avait déniché un tas de palettes dont le bois était presque sec. De quoi entretenir un feu devant sa cabane, et sécher le linge que Lucica lavait à l'eau froide de ses mains trop tôt ridées et abîmées de gerçures. Un véritable trésor. À l'aide de sa hachette, sans épargner sa peine, Razvan réduisait les palettes en charpie, enfouissait sa récolte dans son sac de toile de jute et regagnait sa cabane, toujours en prenant soin de ne pas se faire repérer. Le tas de palettes était imposant et garantissait quelques semaines de flambées. Après chacune de ses visites, Razvan prenait soin de remettre les bâches en place afin de protéger son pauvre bien de convoitises importunes… Au bidonville, personne ne se faisait de cadeaux : on lui jetait des regards troubles chaque fois qu'il aspergeait de quelques giclées d'essence ses résidus de palettes avant d'agiter son briquet. Le caïd Anton, qui jouissait de ses aises dans sa caravane, était à l'abri de ces misérables jalousies. Chez lui, il faisait bon grâce à un réchaud au fuel conquis de haute lutte à la suite d'une expédition punitive menée quelques mois plus tôt contre un clan tzigane ayant eu l'impudence d'élire domicile dans les parages.

*

Ce matin-là, dès qu'il approcha du hangar, Razvan fut intrigué par les lueurs qui en provenaient. Il crut tout d'abord à une hallucination, une sorte d'illusion d'optique. La fatigue d'une nuit sans sommeil, un sortilège des mauvais génies qui hantaient ses cauchemars… Il faisait encore nuit noire et, à quelques centaines de mètres, le ruban d'asphalte de l'autoroute frémissait comme à son habitude, hérissé de pylônes luminescents, joliment décoré de panneaux publicitaires aux couleurs enchanteresses. Les voitures des banlieusards filaient déjà vers Paris, en rangs serrés, laissant derrière elles des sillons de lumière. Chaque matin, avant ses incursions dans le hangar, Razvan ne pouvait s'empêcher de marquer une halte au sommet de la colline qui surplombait un virage. Les yeux écarquillés, il fixait, incrédule, ce spectacle féerique qui imprégnait sa rétine jusqu'à ce qu'elle en fût éblouie. Les larmes roulaient sur ses joues ; il sentait sa gorge se nouer à la contemplation de tant de splendeurs.

Ce matin-là, ses yeux s'accoutumèrent de nouveau à l'obscurité ambiante dès qu'il eut détourné la tête. La silhouette du hangar se dressait à quelques dizaines de mètres. Entourée de carcasses d'engins de terrassement, de camions, abandonnées dans les parages, à demi désossées, minées par la rouille, saccagées par les pillards, comme autant de monstres incongrus, témoins d'une quelconque préhistoire, vestiges obstinés de temps à jamais révolus. Oui, ce matin-là, Razvan se frotta les paupières, incrédule.

Il n'avait pas rêvé.

Une lumière falote provenait de l'intérieur du hangar. Évanescente, qui vacillait au gré des caprices d'un vent aussi léger que glacial, et semblait mourir avant de renaître tout aussitôt. Une lumière qui n'annonçait rien de bon, bien au contraire. La promesse d'une menace. Surgie des profondeurs de son crâne, une voix sépulcrale lui intima l'ordre de déguerpir au plus vite, celle de saint Basile, envers lequel Lucica son épouse tant aimée nourrissait une véritable dévotion… Un avertissement qu'il refusa d'entendre. Sa curiosité était trop forte.

Emporté par son élan, il franchit les quelques mètres qui le séparaient de la bâtisse. Il y pénétra. Des cierges. Des dizaines de cierges d'un calibre colossal et longs de plus d'un mètre cinquante se consumaient, certains fichés à même le sol, formant un grand cercle, la base engluée dans une gangue de cire fondue qui dégoulinait goutte à goutte du sommet pour se perdre en rigoles figées comme de la lave, d'autres perchés sur des parpaings que l'on avait soigneusement assemblés et recouverts d'un drap noir pour former une sorte d'autel.

Un autel, oui. Comme à l'église. Mais saint Basile n'aurait guère goûté le spectacle qui y était donné, et encore moins la liturgie à laquelle les officiants de la cérémonie s'étaient livrés. À genoux, le front contre le sol de béton recouvert de givre, les bras en croix, Razvan chuchota ses prières pour tenter d'oublier ce qui se dressait au centre du cercle, face à l'autel. Il resta ainsi, prostré, de longues minutes, puis lentement, très lentement, sa main droite opéra une reptation – un doigt après l'autre, le majeur hardi, volontaire, en avant-garde, le pouce puis l'index pas trop pressé de suivre le mouvement, l'annulaire et l'auriculaire en serre-file – pour empoigner la hachette qui avait chuté à terre. Il en agrippa convulsivement le manche, paré à se défendre, à vendre très cher sa peau, même si elle ne valait pas grand-chose, à combattre avec la dernière des énergies. Au prix d'un effort intense, il se redressa, les genoux flageolants, le corps agité de spasmes. Il s'abstint de relever la tête, le menton fiché sur le sternum, et quitta le hangar à reculons, à pas menus tout d'abord. Et soudain, d'une rotation puissante du bassin, il opéra un demi-tour et s'enfuit à toute allure. Sa hachette à la main, qu'il agitait en moulinets frénétiques au-dessus de sa tête, il dévala la pente menant au hangar. Il ne se rendit même pas compte qu'il s'était mis à hurler, non des paroles cohérentes, une quelconque supplique à saint Basile, par exemple, mais simplement des cris inarticulés inspirés par une terreur surgie du fond des âges. Une terreur typiquement, indiscutablement, fatalement roumaine, puisque le hasard, on le sait, en avait décidé ainsi.

Ce n'était vraiment pas son jour de chance : alors qu'il parvenait, hors d'haleine, à proximité du bidonville, s'époumonant comme un damné, il aperçut les lueurs des phares des camionnettes d'une escouade de CRS qui avaient encerclé le campement et procédaient manu militari à l'évacuation de ses occupants. Sa survenue inopinée, la hachette à la main, provoqua un certain émoi. Pour la faire courte, disons que les CRS se laissèrent aller à un mouvement d'humeur bien compréhensible.

*

Razvan ne se réveilla que quelques heures plus tard, sur un lit d'hôpital, la tête enturbannée de pansements. Il balbutiait et se signait par saccades, sans relâche, du bras gauche, le droit ayant subi quelques dommages lors de son arrestation. *In nomine patri, et filii, et spiritus sancti*, avec retour immédiat à la case départ, *in nomine patri*, etc. Le médecin qui l'examina après qu'on eut réduit ses fractures et soigné ses hématomes au visage attesta de son bon état de santé général, sous réserve de troubles psychiatriques qui échappaient à ses compétences. Les CRS, dont la vocation à mener des enquêtes criminelles ne fait pas débat, avaient regagné l'autre extrémité du département, déjà occupés à réprimer une manifestation étudiante. Le caïd Anton, Lucica, ses bambins ainsi que les autres occupants du bidonville, une bonne quarantaine de pèlerins au total, avaient abouti dans un centre de rétention en attendant leur expulsion du territoire national, mais la bureaucratie étant ce qu'elle est, le cas Razvan restait à régler.

Agresser le commandant d'une compagnie de CRS à l'aide d'une hachette relève de la faute de goût, sinon de la bourde, même pour le moins aguerri des clandestins. Si bien qu'au lieu d'aller sagement rejoindre ses congénères, Razvan grippa, tel un grain de sable, la belle machine judiciaire. Un des substituts du procureur qui assurait la permanence dans le département se rendit à l'hôpital, pour la forme. Inutile de se faire la moindre illusion, le pauvre bougre allait goûter de la prison, pour quelques semaines ou quelques mois, c'était plié. Avant de récupérer sa douce moitié et sa marmaille à Bucarest. La bonne entente avec les CRS, ces soutiers de la répression, ces prolétaires du coup de matraque que l'appareil judiciaire exploitait sans vergogne, était à ce prix.

*

Le substitut se nommait Valjean. Guillaume Valjean. À sa naissance, ses parents, un couple d'instituteurs soixante-huitards, farouchement laïcs et vaguement trotskisants, s'étaient longuement interrogés à propos du choix du prénom à donner à leur rejeton. Oh, la tentation les avait bien effleurés, on était dans les années soixante-dix, l'avenir semblait rose, la mode était à la lutte contre les injustices, alors Jean, oui, Jean Valjean, pourquoi pas ? Mais au dernier moment, à la mairie, les géniteurs avaient renoncé. Guillaume, ce serait Guillaume, en souvenir d'un arrière-grand-père, mutin à Craonne, en 1917, qui avait laissé sa peau face au peloton d'exécution. Un tel patronyme, une telle hérédité, on le conçoit aisément, ça vous façonne un destin.

Bon sang ne saurait mentir. Alors qu'il eût pu régler le dossier sur la simple base des rapports de police et du certificat médical, bien au chaud à l'abri de son bureau du palais de justice, Valjean décida de se rendre à l'hôpital. Dès qu'il eut franchi le couloir qui menait à la chambre de Razvan, il entendit les hurlements.

– Tepes ! Vlad Tepes ! Tepes ! Vlad Tepes !

Razvan ne cessait de hululer cette complainte obsédante entre ses lèvres tuméfiées.

– Il beugle comme ça depuis ce matin, lui confia l'infirmière. On n'y comprend rien, c'est du roumain, alors hein, forcément... faut pas trop nous en demander, non plus !

Elle était fatiguée.

– Tepes ! Vlad Tepes ! Tepes ! Vlad Tepes !

Valjean pénétra dans la chambre, et considéra avec mansuétude le visage de l'homme épuisé qui lui faisait face. Un condensé d'injustice, de malheur. La poisse à l'état brut. Un pipeline de malchance prêt à se déverser sur le plus malheureux de ses semblables.

– Tepes ! Vlad Tepes ! Tepes ! Vlad Tepes ! hurla de nouveau Razvan.

– Et rebelote, soupira l'infirmière en réglant la perfusion.

Valjean, on n'en attendait pas moins de lui, se démena tant et plus pour faire venir un traducteur. Il lui fallut patienter. Deux heures. Le tamoul ou le tchétchène, d'ordinaire, ça traîne, le gagaouze, n'en parlons pas, mais le roumain, il le savait, ça pouvait aller plus vite.

*

— Alors, qu'est-ce qu'il raconte ? demanda Valjean, sitôt que l'interprète l'eut rejoint.
— Tepes, Vlad, Tepes, c'est pourtant assez simple.
— Mais encore ? insista Valjean, saisi d'une pointe d'impatience. Traduisez, vous êtes là pour ça ! C'est quoi, *Tepes, Vlad Tepes* ?
— Ce n'est pas… quelque chose, monsieur, c'est… c'est quelqu'un ! murmura le type, épouvanté, en esquissant un geste étrange, furtif, rapide.

Un signe de croix. Sur son front, ses lèvres, son cœur.

*

Les abords du hangar. Vingt heures, le 23 décembre 2007. Soit un tour de cadran après l'arrestation de Razvan Donescu par les CRS sur le terrain du bidonville. La nuit était de nouveau au rendez-vous. Opaque, gluante.

L'interprète avait fait son boulot. Razvan, rasséréné par cette voix qui lui parlait en confiance, était parvenu à se calmer, à livrer un récit à peu près audible de ce qu'il avait vécu, depuis son départ de Timisoara, son arrivée à Paris, ses mésaventures avec Anton, et surtout, surtout, son incursion dans le hangar, le matin même. De la main gauche, il avait réussi à dessiner un plan assez succinct... Le terrain du bidonville, la courbe de l'autoroute, la colline, le hangar. Le plus nul des scouts s'y serait retrouvé. Valjean, durant son adolescence, n'avait pas fréquenté les scouts, mais les Vaillants, leur équivalent stalinien. Et encore, juste deux ou trois mercredis. Il y avait prescription.

Sur la simple foi des dires de Razvan, Valjean avait mobilisé une équipe de la Brigade criminelle et un médecin légiste. Il n'en menait pas large. Soit il s'était fait mener en bateau en donnant crédit au délire d'un cinglé, auquel cas sa hiérarchie ne manquerait pas de lui remonter les bretelles, soit il avait levé un gros, un très gros lièvre.

*

– On y va..., énonça simplement le substitut en fixant le hangar.

La lueur continuait d'y trembloter, aussi opiniâtre qu'énigmatique.

Les enquêteurs progressèrent, prudemment. Un à un, ils pénétrèrent dans la bâtisse. Découvrirent la scène macabre, l'autel, les cierges qui n'avaient toujours pas fini de se consumer. Les organisateurs de la cérémonie n'avaient mégoté ni sur la quantité ni sur la qualité...

Valjean suivit le mouvement et balaya l'espace d'un regard panoramique, sans parvenir à réprimer un haut-le-cœur.

– Mon dieu... murmura-t-il sobrement, en dépit des solides convictions anticléricales héritées de ses parents.

L'équipe de l'Identité judiciaire attendait qu'il donne le signal pour débuter les investigations, mais, au vu du spectacle, personne n'était franchement pressé. Valjean entendit la respiration saccadée du légiste, tout près de lui. Son haleine dessinait des arabesques de buée dans l'air glacé. Un certain Pluvinage, personnage pittoresque, poète à ses heures, esthète féru des textes des expressionnistes allemands, Ernst Stadler, Bruno Schönlank, Else Lasker-Schüler et autres Richard Oehring, autant de noms tombés dans l'oubli près d'un siècle plus tard.

Ce n'était pas la première fois qu'ils allaient ensemble à la pêche au cadavre dans un quelconque recoin du département ; ils se connaissaient bien, s'estimaient et formaient un curieux couple. Valjean, très grand, sec et osseux, au visage taillé à la serpe, économe de ses gestes, dominait Pluvinage de toute sa hauteur. Le légiste était court sur pattes, ventru, et son visage cramoisi par la couperose était sans cesse agité de tics alors que celui du substitut restait figé dans une attitude d'impassibilité.

– C'est mon premier... murmura Pluvinage, avec une pointe d'émerveillement dans la voix.

— Pardon ? demanda Valjean, les yeux rivés sur le corps perché à plus de deux mètres du sol, derrière l'autel.

— Mon premier empalé… précisa Pluvinage. En trente ans de carrière, je croyais avoir tout vu ! Les noyés, les pendus, les gars cisaillés à l'arme blanche, ceux déchiquetés à la chevrotine à bout portant, les bébés planqués dans le congélo, tout, je vous dis, mais un empalé, un vrai, jamais…

— Parfait, rétorqua Valjean, comme ça, au moins, vous m'éviterez le bizutage…

— Je peux ?

Pluvinage désignait l'autel, le cercle de cierges, le pal qui supportait le cadavre. L'impatience le faisait trépigner. Il dut ronger son frein. On installa des projecteurs. Les photographes de l'IJ devaient d'abord mitrailler la scène sous toutes ses coutures, les techniciens procéder au relevé d'empreintes éventuelles de pas sur le sol pour ne pas laisser filer une chance de remonter une piste. Sans compter la cuisine ADN. Deux longues heures qui mirent à mal le système cardiaque du bon docteur Pluvinage, victime d'une poussée d'adrénaline accompagnée de tachycardie… et enfin, enfin, il put satisfaire sa convoitise : s'approcher du corps ! En faire le tour, en palper la peau de ses mains gantées de latex.

— Fantastique, fantastique, s'écria-t-il en direction de Valjean, cet empalement s'est déroulé dans les règles de l'art !

— Voilà bien une consolation ! acquiesça le substitut.

Le pal lui-même, un pieu de bois d'une hauteur d'environ trois mètres et d'un diamètre de cinq centimètres dans sa partie encore visible, était encastré à sa base dans un socle de béton, une galette qui devait peser dans les trois cents kilos, afin d'en garantir la stabilité.

Le corps d'un homme d'une trentaine d'années y était embroché. Nu. Sans entrave aucune. Elles n'auraient pas été nécessaires : une fois le supplice entamé, le malheureux n'avait aucune chance de se dégager, quels que fussent ses efforts pour y parvenir. Au contraire, ses mouvements désordonnés, engendrés par une douleur insoutenable, ne contribuaient qu'à accentuer des souffrances pour ainsi dire exponentielles.

Du bout des doigts, Pluvinage palpa longuement les chairs du supplicié, étudia les marbrures qui couvraient sa peau, des cuisses jusqu'au torse, avant de revenir vers Valjean.

– Ce type n'était pas encore mort ce matin, quand votre Roumain l'a découvert, annonça-t-il. Il a tenu le coup encore quelques heures, c'est une histoire de rigidité cadavérique qui me permet de l'affirmer, je vous fais grâce des détails. Mais rassurez-vous, dans tous les cas de figure, on n'aurait pas pu le sauver. Là, vous voyez l'enveloppe corporelle, c'est stupéfiant, considérée de l'extérieur, elle semble quasi intacte, vierge de toute blessure, mais à l'intérieur, il y a des lésions effroyables ! Effroyables !

– Dites-moi, Pluvinage, reprit Valjean, en matière d'empalement je suis assez novice, je vous l'accorde, mais… heu… *ça* n'aurait pas dû… heu… ressortir quelque part ?

— Eh non, c'est bien pour cette raison que j'affirme que les auteurs de cette ignominie ont procédé dans les règles de l'art, je parie que la… comment dire, la *pointe* n'en est pas vraiment une, elle doit être émoussée, sinon arrondie, si bien qu'elle n'est pas « ressortie », comme vous dites. Elle a simplement comprimé les chairs, au fur et à mesure de sa progression. Lentement, très lentement. Au lieu de transpercer les organes, elle les a refoulés, déplacés, et n'a pénétré que dans les tissus lâches… augmentant ainsi la durée du martyre ! Avec un vulgaire fer de lance, c'était réglé dans le quart d'heure, je vous le garantis, mais là… je crois que cette pointe a terminé sa course sous l'aisselle, à droite. Si vous regardez bien, vous distinguerez une protubérance qui n'a rien d'anatomique.

Le regard du substitut vacilla. Le bras droit du supplicié était déjeté vers l'arrière, main tendue en direction du pal, comme dans un dernier effort, absurde, pour s'en délivrer.

— À droite, Valjean, à droite, insista Pluvinage. Poumon perforé. La pointe du pal a épargné le cœur. Qui a battu, battu, jusqu'à ses dernières forces. De tous les scénarios de supplices qui ont pu germer dans la cervelle de nos frères humains, le pal est sans conteste le plus atroce !

— Nos frères humains… soupira Valjean, abasourdi. Vous avez le sens de la formule, Pluvinage !

– J'insiste, Valjean, j'insiste ! La crucifixion, en comparaison, n'est qu'une plaisanterie !

Les deux hommes tournèrent lentement autour du corps. Le substitut se résigna enfin à fixer le visage du mort. Jamais plus il ne pourrait en effacer l'image de sa mémoire. Il s'agissait d'un homme jeune, de carrure athlétique, très musclé, à la poitrine glabre. Il ne portait aucune trace de mutilation. Mais son visage évoquait celui d'un vieillard. Les souffrances inouïes qu'il avait endurées l'avaient transfiguré. En quelques heures à peine, de profondes rides avaient creusé ses traits, sur le front, les joues, et de sa bouche grande ouverte, figée dans un rictus monstrueux, semblait jaillir un hurlement sans fin. Ses cheveux, bruns et assez longs, ne couvraient plus son crâne que par plaques éparses. Ses mains crispées en retenaient des touffes entières, arrachées sous l'effet d'une agitation désespérée. Le pal, jusqu'à sa base, ruisselait de matières diverses, multicolores et glaireuses.

*

Après deux nouvelles heures d'investigations dans le hangar et ses environs, il fallut se décider à évacuer le corps. Ce qui n'était pas une mince affaire. Pluvinage, émoustillé par cette « première », était d'avis de tout embarquer, en bloc, sans dégager le cadavre de son support.

– On fera ça en salle d'autopsie, en prenant toutes les précautions, plaida-t-il, je ferai venir des confrères, pour m'assister, et j'en connais plus d'un qui voudraient être à ma place ! Un empalement, Valjean, rendez-vous compte ! Je vais écrire un article, ça va faire sensation dans les annales de la médecine légale !

Effaré, Valjean se passa la main sur le visage et se mordilla la lèvre inférieure. Puis, soudain, il fut pris d'un fou rire nerveux.

– Ah oui ? Ce socle de béton, comment voulez-vous qu'on le transporte ? demanda-t-il, à peine revenu de son hilarité. En le chargeant sur la plate-forme arrière d'un quinze-tonnes à l'aide d'une grue ? Avec la victime toujours embrochée à l'autre bout ? Et on file sur l'autoroute avec notre trophée ? Je représente le Parquet, Pluvinage, pas le Cirque Bouglione ! Nous allons, comment dire... *séparer les éléments* ? La formule vous convient-elle ?

Il mima le geste de déboucher une bouteille, en l'accompagnant d'un bruit de bouche évocateur. *Plop !* Après une brève période de doute, voire d'égarement, Valjean avait recouvré toute sa sagesse. Avec un sens certain de l'improvisation, il dirigea lui-même la manœuvre. Des techniciens de l'Identité judiciaire introduisirent des courroies sous le socle du pal et, du même élan, exercèrent la traction qui le fit basculer. Pour qu'il ne fût pas trop endommagé, le légiste avait installé des couvertures à l'endroit où le cadavre devait rencontrer le sol dans sa chute à la renverse.

– À vous de jouer, Pluvinage ! décréta Valjean quand ce fut chose faite.

Il ne tenait pas à en voir plus et sortit griller une cigarette à l'extérieur du hangar. Un quart d'heure plus tard, le cadavre désempalé et enrobé d'une housse de plastique fut chargé dans un des fourgons de l'IJ. Malgré le froid perçant, Pluvinage avait tombé la veste et rejoignit en bras de chemise le substitut qui se morfondait à bord d'une des voitures de police.

– Venez jeter un coup d'œil, mon vieux, je ne m'étais pas trompé ! claironna-t-il.

– Je crois que j'ai mon compte pour aujourd'hui ! soupira Valjean.

– Encore un effort, c'est important pour la suite de l'enquête…

De guerre lasse, Valjean se décida à le suivre. À l'intérieur du hangar, le pal, désormais déchargé de son fardeau, reposait sur le sol de béton. Sa dimension n'en paraissait que plus impressionnante.

– Regardez, regardez bien, ordonna Pluvinage, l'extrémité… elle a été taillée à dessein, limée bien arrondie, et de surcroît enrobée d'un capuchon de caoutchouc ! Des préservatifs, enfilés les uns par-dessus les autres, tout bêtement ! Elle n'a pas déchiré les chairs, elle les a écrasées, comprimées au fur et à mesure de sa progression à l'intérieur de l'abdomen, puis du thorax ! C'est ce que je vous disais tout à l'heure, tout a été agencé pour que le supplice dure le plus longtemps possible ! Vous avez affaire à un maître !

– Un ? Mais non, ils étaient plusieurs ! Impossible autrement ?

– Ça va de soi !

— Comment ont-ils fait ? Je veux dire, concrètement ?

Pluvinage s'épongea le front d'un revers de manche, la cravate en bataille. Des rigoles de sueur perlaient jusque sur son torse, imprégnant sa chemise. À tous les coups, il allait attraper la crève.

— Primo, ce type, ils l'ont allongé face contre terre cuisses écartées ! Je pense qu'il était endormi à l'aide d'un somnifère assez puissant, sinon il y aurait des traces, il se serait débattu ! Là, rien ! Deuxio, ils préparent le pal, en l'enduisant d'une matière lubrifiante, et ils... heu... l'introduisent, n'est-ce pas ! Vingt, trente centimètres ! En poussant sur les épaules, en tirant sur les jambes de la victime, de toutes leurs forces, je vous laisse imaginer !

Il s'efforçait de mimer la scène, avec un talent indéniable.

— Mais je ne veux pas imaginer, Pluvinage, je ne veux pas !

— Faites un effort, bon sang ! Le type se réveille, fou de douleur ! Tertio, ils redressent le pal en sautant à pieds joints sur le socle de béton ! Terminé, le type est définitivement embroché ! Le tour est joué, son propre poids va le faire descendre, inexorablement ! La loi de la gravité, tout simplement !

Valjean se passa la main sur le visage. Pluvinage avait eu raison d'insister. Autant essayer de se représenter la scène, même si l'exercice était désagréable, voire éprouvant.

— Du bambou, solide, suffisamment souple pour permettre quelques oscillations qui ont dû accroître encore les souffrances de la victime ! ajouta Pluvinage en tapotant la longue tige de bois.

Les cierges furent empaquetés dans des conteneurs, ainsi que la draperie qui recouvrait l'autel. Il fallut scier le pal à la base pour le séparer de son support de béton et commander un véhicule spécial pour embarquer le tout jusqu'au palais de justice. De mémoire de magistrat, les scellés de plus de trois cents kilos ou longs de trois mètres étaient plutôt rares. C'était un coup à décrocher une mention spéciale dans le *Guinness Book* des records...

*

Dans la voiture qui les raccompagna jusqu'au palais de justice, Pluvinage ne tarit pas d'éloges à propos de l'assassin. Un type très fort, à son avis. Un point de vue que Valjean partageait.

– Et dites-moi, reprit-il, mon sans-papiers roumain qui a eu l'exquise bonté de nous mettre sur la piste de cette petite sauterie, il ne cessait de répéter des paroles étranges... *Tepes... Vlad Tepes !* Quelque chose comme ça... l'interprète semblait assez troublé ! Il a filé avant de m'en dire davantage...

– Vlad Tepes, acquiesça Pluvinage en plissant les yeux, eh bien voilà, nous y sommes ! Vous ne voyez pas ? Ah bon ? Jamais entendu parler ? Il gagne pourtant à être connu !

Un sourire ironique flottait sur le visage du médecin légiste. Valjean en fut presque agacé. Cabotin, Pluvinage se fit presque prier pour en dire plus.

– Un personnage historique assez haut en couleur… Vlad III, dit l'Empaleur, né à Schassburg, Transylvanie, en l'an de grâce 1431… dans cette première moitié du quinzième siècle, toute la région est soumise à de fortes turbulences. Je résume, n'est-ce pas ? L'Empire ottoman ne cesse de lancer des attaques contre les provinces voisines : Valachie, Moldavie… Il faut un homme à poigne pour défendre la chrétienté face aux Turcs ! Ce sera Vlad. Je vous fais grâce des disputes entre nobliaux, des querelles familiales, le folklore habituel. Vald ne démérite pas. En 1462, il lance une campagne contre les Turcs sur le Danube, massacrant près de trente mille hommes. Mehmed II, le sultan, décide de se venger, mais lorsqu'il entre dans la ville de Targoviste, il est confronté à une vision d'épouvante ! Des pals, une forêt de pals, sur lesquels agonisent des milliers de prisonniers. Mehmed reconnaît sa défaite et s'en retourne à Istanbul. Voilà qui était Vlad Tepes. Selon les dires des boyards qui ont eu à endurer ses caprices, ses goûts en matière de torture étaient variés. Ses victimes étaient écorchées, bouillies, décapitées, énucléées, brûlées, frites, clouées, enterrées vivantes, mais sa marotte resta à tout jamais le pal ! Dans toutes les occasions ! La chronique relate qu'un jour Vlad Tepes avait fait décapiter quelques boyards afin d'utiliser leurs têtes comme appâts pour capturer des écrevisses. Puis il avait fait servir ces écrevisses aux familles des victimes. À la fin du banquet, il avoua sa ruse gastronomique et fit empaler, aussi sec, passez-moi l'expression, toute une nouvelle série de victimes ! Une autre fois, parcourant ses domaines à cheval, il aperçoit dans un champ un paysan qui porte une chemise trop courte et en très mauvais état... Il interroge le bougre, lui demandant s'il est marié. La réponse étant positive, il veut savoir s'il a semé du lin et s'il en possède. Nouvelle réponse positive. Vlad exige que l'on amène l'épouse, et lui fait remarquer que son mari a accompli son devoir – semer, labourer, nourrir les siens –, alors qu'elle-même a d'évidence négligé le sien. Le verdict, à votre avis ?

– Empalée, je parie ? soupira Valjean.

– Exact, mais d'abord les deux mains tranchées... un caprice supplémentaire ! Le pal était cependant sa seule véritable passion.

Pluvinage était prêt à poursuivre son récit en l'enrichissant d'autres anecdotes, il connaissait par cœur les hauts faits d'armes de Vlad Tepes, mais la patience de Valjean avait ses limites. Le substitut respectait la réputation de Pluvinage, ses connaissances encyclopédiques, son érudition phénoménale en matière de criminologie.

– Évidemment, reprit le médecin, le plus intéressant ne réside pas forcément dans ce que je viens de vous dire...

Il sortit un paquet de Kleenex et se moucha bruyamment, à plusieurs reprises.

– Pluvinage, si vous arrêtiez de tourner autour du pot ?

– Vlad Tepes n'était que le troisième de la lignée... Son père, Vlad II, était parvenu à un accord provisoire de paix avec les Ottomans. Vlad II était surnommé le Dragon. Ou le Diable. En roumain, ces deux mots ont la même racine. *Dracul.*

– Hein ?! *Dracul ?* Vous voulez dire… ? bredouilla Valjean, effaré.

– Parfaitement, mon cher, Vlad III, Tepes alias l'Empaleur, a tracé sa légende dans l'Histoire sous le surnom de Dracula ! Après d'ultimes déboires avec les Ottomans, il est décapité en 1476, sa tête étant envoyée au sultan… Ses restes sont inhumés au monastère de Snagov, sur une île près de Bucarest. Et la légende se poursuit. En 1932, une mission archéologique a ouvert sa tombe et n'a découvert que quelques ossements de chevaux datés du néolithique. Amusant, non ? Il y a bien une deuxième tombe qui pourrait être la bonne. Elle contenait des restes, humains ceux-là, et donc un peu plus plausibles… Qui ont disparu des réserves du musée d'Histoire et d'Archéologie de Bucarest, sans doute volés. Et à ce jour encore introuvables…

La voiture de police qui ramenait Pluvinage et Valjean jusqu'au palais de justice se retrouva prisonnière d'un embouteillage des plus denses. Valjean refusa qu'on actionne la sirène et prit tout son temps pour contempler les éléments du décor qui l'entouraient, les motos, les panneaux publicitaires, les vitrines des magasins, les passants qui se hâtaient dans la froidure pour effectuer leurs achats de Noël.

– Pluvinage ? Je ne crois pas à toutes ces salades ! annonça-t-il après une longue période de silence.

– Mais moi non plus ! assura le médecin. Je ne crois qu'à ce que je vois. Et justement, ce soir, j'ai vu un empalement de première classe.

Il se moucha de nouveau et ne put réprimer quelques frissons. Le système de chauffage de la voiture était réglé à son maximum. Valjean se laissa aller à une douce torpeur. Indifférent à son rhume naissant, Pluvinage se tortillait à ses côtés sur la banquette arrière et actionnait frénétiquement son téléphone portable, adressant des SMS à ses pairs afin de leur annoncer la formidable nouvelle : un em-pa-le-ment !

– Arrêtez ! ordonna soudain Valjean.

Il s'en fallut de peu qu'il ne confisque le portable.

– On verrouille l'information, expliqua-t-il. Hors de question qu'on retrouve cette histoire étalée dans la presse !

Pluvinage haussa les épaules avant d'éternuer. Sa voix était devenue nasillarde, caractéristique d'un bon début de sinusite.

– Tous mes confrères sont liés par le secret professionnel... Mais réfléchissez quelques secondes, Valjean, vous connaissez la musique aussi bien que moi ! Soyez lucide ! Il y avait au bas mot une quarantaine de flics sur la scène de crime. Ils ont tous été très secoués par ce qu'ils y ont vu. Même avec les précautions les plus strictes, il y aura des fuites. C'est une simple question de temps...

Valjean ne put qu'approuver, la remarque du médecin était frappée au coin du bon sens.

– Pluvinage, nous avons été durement éprouvés. Tentons de nous délasser, pensons à autre chose... ce poème que j'aime tant, de votre idole...
– Gottfried Benn ?
Ah, Gottfried Benn, médecin légiste, lui aussi, qui avait exercé à la morgue de Berlin sous la république de Weimar, aux heures maudites de la genèse du nazisme, et en avait tiré une grande partie de son inspiration... À la simple évocation de ce nom, Pluvinage sentait les larmes lui monter aux yeux.
– Oui, récitez-le-moi...
– Vous voulez vraiment ? Maintenant ? Ici ?
Pluvinage renifla, se moucha, prit une profonde inspiration et commença à déclamer :

> *Der Mund eines Mädchens, das lange im Schilf gelegen hatte,*
> *Sah so angeknabbert aus...*

– En français, Pluvinage, en français ! supplia Valjean.
– Bon, si vous insistez...

> *La bouche d'une fille qui avait longtemps reposé dans les roseaux,*
> *Était si rongée.*
> *Quand on ouvrit la poitrine l'œsophage était si troué,*
> *Enfin dans une tonnelle sous le diaphragme*
> *On trouva un nid de jeunes rats.*
> *L'un des petits frères était mort.*
> *Les autres vivaient des reins et du foie.*

Ils buvaient le sang froid : ils avaient vécu ici une belle jeunesse !
Ils eurent aussi une mort rapide et belle :
On les jeta tous dans l'eau.
Ah, comme ils piaillaient, les petits museaux...

– C'est très beau, Pluvinage, c'est même magnifique ! murmura Valjean, sincèrement ému.
– *Ach, wie die kleinen Schnauzen quietschten !* reprit le médecin. En allemand, je vous assure, c'est tout de même autre chose, ça sonne bien autrement ! La langue de Goethe, de Heine, de Schiller... admettez-le !
– Bah... au lycée, j'ai fait anglais première langue et espagnol ensuite, s'excusa piteusement Valjean.
– Un souhait délibéré de votre part ? s'enquit Pluvinage.
– Non, mes parents...
– Alors je vous pardonne ! Mais ils vous ont fait bien du tort !

1

Pour parvenir jusqu'à la maison, il fallait d'abord s'engager sous un portail, aux alentours du X[1] de la rue de Belleville, dans le vingtième arrondissement de Paris. À droite se trouvaient un restaurant chinois, à gauche un fast-food pakistanais, en face, une épicerie égyptienne bordée par un bazar turc et un retoucheur de vêtements kazakh : rien que de très ordinaire dans ce quartier de Paris. La façade du premier immeuble, une bâtisse sans grâce, lépreuse et vermoulue, n'attirait aucunement le regard, alors que quelques numéros plus haut les touristes s'arrêtaient souvent pour photographier une stèle annonçant qu'Édith Piaf était née ici même, quasiment sur le trottoir. Y vivaient des familles modestes, immigrées pour la plupart, plus quelques retraités ; tôt ou tard, un quelconque promoteur parviendrait à expulser toute cette piétaille pour ériger une « résidence » et empocher un joli

---

1. Pour des raisons qui deviendront de plus en plus évidentes au fil de ce récit, le lecteur comprendra que l'adresse exacte doit rester secrète.

pactole. Mais sitôt franchie cette façade et dépassé ce premier bâtiment, on débouchait dans un dédale de jardinets touffus et d'arrière-cours dont l'enchevêtrement donnait le tournis. En quelques pas, on oubliait le vacarme de la rue, les échos des klaxons, pour découvrir un monde en minuscule, miraculeusement préservé de la rapacité des bétonneurs. Même après avoir attentivement fixé le site avec une loupe en se connectant sur Google Earth, la surprise était totale…

La première courette était dominée par la haute silhouette d'un chêne pluricentenaire ; ses racines avaient colonisé tout le périmètre, expulsant patiemment, l'un après l'autre, les pavés dont on avait voulu les corseter. Il n'en restait que quelques éléments épars, entassés ici ou là. Son tronc couvert de cœurs tracés à la pointe du couteau par des générations d'amoureux qui avaient déjà gagné le cimetière depuis belle lurette se fendillait en maints endroits : en prenant tout son temps, le chêne se mourait de sa belle mort, sa cime toujours crânement dressée vers le ciel gris. Sous sa ramure clairsemée se tenait l'atelier de Monsieur Alexandre, un maître bottier de quatre-vingt-cinq printemps, mais qui taillait encore le cuir pour satisfaire une clientèle triée sur le volet. Assis sur un banc de bois, une rangée de clous fichés entre ses lèvres, il frappait de son marteau, inlassablement, pour garnir une semelle, lissait des peaux des heures entières afin de bichonner une paire de mocassins sur mesure, fignolait tantôt une empeigne tantôt un contrefort, ou façonnait des bottes de cavalier.

Dans le quartier, on disait qu'il avait été l'amant de Mistinguett, un soir, rien qu'un soir, et lorsqu'on le questionnait à ce sujet, il confirmait d'un simple clignement de paupières, faussement modeste, puis finissait par murmurer qu'elle avait effectivement de bien belles gambettes.

Un nouveau porche, et l'on arrivait dans le domaine envahi de lilas, de glycines et autres renoncules de Madame Lola, qui vivait avec un boa. L'été, la bestiole se prélassait dans un bassin garni de nénuphars, la panse pleine d'un gaspard que sa maîtresse avait capturé à l'aide d'un piège... Chaque soir, qu'il pleuve ou qu'il vente, Madame Lola régalait de son numéro de strip-tease les spectateurs du célèbre cabaret Madame Arthur, rue des Martyrs. Strass et paillettes, robe fourreau de soie noire, guêpière, bas résille, rien ne manquait à sa panoplie. *Y en a qui marmonnent que la grande Lola, ce serait un homme, on dit ça...* chantonnait Monsieur Alexandre, chaque fois qu'il voyait passer sa flamboyante voisine, Marcel Truchot pour l'état civil. Il lui avait confectionné des cuissardes de box-calf rouge munies de talons aiguilles, une splendeur à faire pâlir d'envie toutes les drag-queens de la place de Paris.

Si la curiosité vous tenaillait encore, mais c'était à vos risques et périls, vous franchissiez un nouveau porche pour pénétrer dans un jardin encombré d'objets étranges, aux formes tarabiscotées, les sculptures d'un certain Ramon, qui faisait dans le brut de chez brut, métal et chalumeau, pour façonner des carcasses d'insectes, de dinosaures ou plutôt un improbable croisement des deux espèces. De corps de femmes, aussi. Enfin, de femmes... Ramon était bien le seul à le prétendre. À contempler le résultat, il fallait bien en conclure que l'inconscient du bonhomme était des plus tortueux ou qu'il n'avait croisé que des dames très très esquintées par l'existence et ses vicissitudes. Un ténébreux, Ramon. Autiste et fier de l'être, arborant une trogne d'ogre et des mains calcinées par les accidents de brasure, il accueillait les intrus avec force grognements propres à décourager les fâcheux. De temps à autre, un collectionneur new-yorkais faisait le voyage jusqu'à Belleville et achetait la production du sculpteur, en vrac, pour en orner le gigantesque loft dont il était propriétaire dans Manhattan. Lorsqu'il en était las, il renouvelait l'ensemble, sans barguigner...

On prétend, sans preuves, que des visiteurs intrépides se seraient risqués jusqu'à la quatrième cour, à savoir le royaume d'Arsène, forain à la retraite retiré dans une minuscule cambuse menacée d'effondrement, une maisonnette de plain-pied, rongée jusqu'à la moelle par les termites, envahie par tout un bataillon de matous aussi crasseux que goulus. Arsène, un de ces cumulards qui s'ingénient sournoisement à plomber les comptes de la Sécu, avait depuis des lustres renoncé à lutter contre son diabète pour cause d'Alzheimer et passait le plus clair de son temps à somnoler, ses cent trente kilos avachis sur une balancelle qui n'en finissait plus de gémir, une nuée de moineaux et de pigeons perchés sur ses épaules, les manches de son veston couvertes de chiures, sa barbe crasseuse pendant jusque sur sa bedaine. Tout autour de lui, dans un no man's land inextricable, quantité de reliques achevaient de retourner au néant, rongées par la rouille et la moisissure : chevaux à bascule, licornes, voitures de pompier, soucoupes volantes, diligences, bateaux de pirate, calèches, toutes rescapées de manèges ayant rendu l'âme après une longue carrière à la Foire du Trône ou à la Fête des Loges. Le clou du spectacle, ce qui valait vraiment le détour, c'étaient toutefois les figurines. Hautes de plus de deux mètres, elles se dressaient sur le seuil de la maison, protégées par un auvent de tôle ondulée. Arsène en était très fier, et pour cause. Son ami Horst Blutterhoff, qui avait tenu une attraction de train-fantôme des décennies durant dans toutes les villes de Bavière, de Saxe et du Schleswig-Holstein, les lui avait confiées après l'incendie de son attraction, dont elles ornaient le frontispice. Un incendie criminel. Une misérable jalousie de concurrent. Blutterhoff s'était vengé à sa manière, dans la plus pure tradition des chevaliers Teutoniques dont il se prétendait l'un des descendants, si bien que les ténors du barreau ne s'étaient pas précipités pour assurer sa défense. En cavale, Horst avait débarqué un soir rue de Belleville au volant d'un camion Daimler-Benz pour en décharger de mystérieux colis et les transporter jusque chez son copain.

– Arzene, mon fieil Arzene, che te les ovvre, z'est ze que ch'ai de blus brézieux… avait-il expliqué, la gorge nouée par l'émotion.

C'est ainsi qu'une superbe tête de Frankenstein, criante de vérité, avec ses boulons géants vissés dans les tempes et sa denture de ferraille, et sa jumelle, un Dracula très convaincant, aux crocs saillants, aux lèvres sanguinolentes et au regard venimeux, façon Béla Lugosi, avaient abouti dans ce qui serait leur dernier refuge. Jadis, leur mâchoire, animée par un mécanisme rotatif conçu par Blutterhoff en personne, n'en produisait que plus d'effet auprès des badauds, mais les crémaillères, copiées sur un modèle d'horlogerie, n'avaient pas résisté à l'usure du temps. Au fin fond de la rue de Belleville, Frankenstein et Dracula se contentaient désormais d'un sourire figé, mélancolique, pâle reflet de leur splendeur enfuie.

Et personne, personne au grand jamais n'avait franchi le cap du dernier portail. Du moins durant le demi-siècle qui venait de s'écouler. Si l'on avait interrogé Monsieur Alexandre, à supposer qu'il eût daigné répondre, il aurait émis quelques borborygmes, ses lèvres perpétuellement refermées sur les clous dont il garnissait les semelles des escarpins de ses clientes – des dames de la Haute, exclusivement –, puis il aurait longuement hoché la tête. À l'inverse de son voisin Arsène, dont la matière grise s'était irrémédiablement ramollie, celle de Monsieur Alexandre pétait la forme ; l'acétylcholine y sautillait gaillardement de synapse en synapse ! S'il se souvenait des gambettes de Mistinguett et, sous le sceau du secret, de bien d'autres éléments de l'anatomie de la célèbre dame, c'est que rien n'altérait sa mémoire.

En vérité, le dernier visiteur qui s'était risqué jusque dans la cinquième courette n'en était jamais revenu. Monsieur Alexandre l'avait pourtant mis en garde…

*

Revenons un peu en arrière. À l'été 1933, le tout jeune Alexandre était entré, à quatorze ans, comme arpète au service du cordonnier, un bouif, selon le vocabulaire du temps, dont la boutique s'ouvrait en façade sur la rue de Belleville. L'activité n'était guère florissante, en raison du penchant du patron pour la bouteille. Bon an mal an, l'apprenti s'était pourtant fait la main et avait acquis les rudiments du métier. Dans ses moments de désœuvrement, il s'était aventuré dans le dédale des courettes, en toute innocence. À l'époque, ni Arsène, ni Madame Lola, ni Ramon n'occupaient les lieux. Alexandre était bien le vétéran. Il y avait là des familles d'ouvriers, d'artisans, et même une gagneuse de la rue Saint-Denis, une certaine Soazig, solide Bretonne aux lèvres charnues et à la langue bien pendue, qui lui avait démontré qu'elle savait fort bien s'en servir, dans un moment d'infinies délices… dix petites minutes que l'apprenti cordonnier n'avait pas oubliées, même dans les bras de Mistinguett ! Il y avait aussi des juifs, des familles venues de Pologne, avec leurs enfants. Des artisans fourreurs, les Bornstein, des casquettiers, les Schmulevitz, tous raflés le sinistre matin du 16 juillet 1942. La flicaille aux ordres des nazis s'était répandue dans les courettes et avait achevé sa détestable besogne en moins d'une demi-heure...

Les années passèrent. Alexandre, désormais patron de la boutique après le décès de son ancien employeur, avait gardé intact le souvenir d'une nuit de l'été 1949. Il s'était assoupi dans son atelier, harassé de fatigue, et avait été réveillé vers deux heures par une agitation inhabituelle. Des Gitans étaient entrés dans la première courette. Deux, puis trois, puis une dizaine, et d'autres encore, qui suivaient le mouvement ! Aisément reconnaissables à leur accoutrement. Alexandre était habitué à croiser leurs congénères sur le boulevard, dans la cohue du marché, les femmes harcelant le badaud pour lui dire la bonne aventure, les hommes fumant à distance, occupés à faire les cent pas devant des étalages de paniers d'osier ou de batteries de casseroles qu'ils proposaient au chaland. Les Gitans souffraient d'une réputation épouvantable : voleurs, chapardeurs, détrousseurs, tricheurs au jeu, et bien d'autres manies du même tonneau. Alexandre, qui n'était guère animé de convictions progressistes, adhérait à ce préjugé, aussi l'intrusion nocturne de cette petite troupe le mit-elle en émoi. Son atelier était plongé dans l'obscurité et, paré à toute éventualité, il saisit à tâtons sur son établi une alêne finement aiguisée.

Peu à peu, ce fut une véritable procession qui se mit en marche vers la cinquième courette. Alexandre n'en revenait pas. Les Gitans se dirigeaient en file indienne vers la maison située tout au fond du dédale. Une bâtisse à deux étages, le second mansardé, qui de prime abord ne payait pas de mine. Carrée, austère, sans ornement particulier, cariatide, colonnade ou balcon. Le lierre masquait entièrement sa façade, et une végétation des plus touffues prospérait à ses abords, enrobant toute sa silhouette, si bien qu'il était difficile d'en évaluer les contours exacts. Alexandre l'avait toujours connue inoccupée. De fait, il s'agissait d'une *folie*, une de ces maisons de campagne que les aristocrates fortunés se faisaient construire à la périphérie de la capitale… Elle avait été laissée à l'abandon depuis les années 1900, date à laquelle, selon les vieillards qui sirotaient leur verre de gros-qui-tache à la terrasse des troquets des environs, un riche comte roumain y avait séjourné. Noctambule invétéré, il y donnait des fêtes somptueuses, dignes de celles auxquelles participait jadis Milord l'Arsouille, à la glorieuse époque de la Descente de la Courtille, un carnaval qui n'avait rien à envier à celui de Venise, mais dans une version bien plus canaille. Puis le comte roumain avait disparu, sans crier gare. Dettes de jeu, ou sale histoire de mœurs, comme on disait alors. Les pandores avaient tenté de lui mettre la main dessus, en vain. Il leur avait filé entre les doigts. La maison avait été oubliée. Ensevelie sous la mémoire du quartier qui avait vu défiler dans ses artères bien d'autres aventuriers d'égale ou de moindre envergure, des amants de Casque d'or aux braqueurs du gang des Postiches… Mais peut-être n'y avait-il rien de vrai dans tout cela, seulement des on-dit, une rumeur, voire de simples divagations de poivrots ?

Sous les yeux ébahis du cordonnier, les Gitans s'affairèrent sur le seuil de l'ancienne *folie*, taillant dans la végétation à l'aide de faucilles, de hachettes, puis ouvrirent la grande porte d'entrée qui grinça sur ses gonds. Une porte colossale, en bois massif, garnie d'armatures de fer forgé, pourvue d'une serrure impressionnante. Ils n'eurent pas à la forcer : l'un d'eux était muni d'un énorme trousseau de clefs. De même toutes les fenêtres étaient-elles protégées par des grilles hérissées de piques. À la lueur de lampes à pétrole, les Gitans pénétrèrent dans la demeure. Ce fut tout un charivari qui se déroula jusqu'au petit matin. Alexandre ne ferma l'œil de la nuit entière. À l'affût dans son repaire, il aperçut les intrus aller et venir dans une ronde incessante qui évoquait l'agitation d'une fourmilière. Dans la rue, d'autres membres de leur *tribu* – c'est ainsi qu'Alexandre les désignait – tiraient des voitures à bras dont les roues cerclées de fer crissaient sur le pavé. On en déchargea quantité de ballots, de malles, de meubles enrobés de couvertures, et même un piano à queue, à la forme aisément reconnaissable. Sans compter quelques dizaines de barriques dont les Gitans prenaient le plus grand soin et qu'ils transportèrent à l'aide de brouettes. À l'aube, l'affaire était réglée. Les Gitans s'étaient éclipsés. Alexandre avait assisté à une sorte de déménagement à la cloche de bois – plutôt fréquents dans ce secteur où pullulaient les miséreux bien en peine de régler leur loyer et constamment harcelés par leurs propriétaires –, mais en sens inverse !

N'écoutant que son courage, il se décida à quitter sa boutique et à se risquer dans les profondeurs du dédale. Quand il approcha de la maison, se faufilant entre les buissons qui avaient subi bien des dommages durant les heures précédentes, il manqua de défaillir. Une main s'abattit sur son épaule et la lame d'un rasoir lui effleura la gorge. Un des Gitans était resté posté en embuscade pour protéger l'entrée de l'ex-demeure du comte. Un colosse au regard ténébreux, au visage orné de balafres qui trahissait un tempérament belliqueux. Dans son sabir, il demanda au cordonnier ce qu'il venait chercher dans les parages et, sans attendre la réponse, lui intima l'ordre de renoncer à toute nouvelle incursion. Dans ce genre de circonstances, on apprend très vite les langues étrangères. Alexandre obtempéra.

Il n'était pas au bout de ses surprises. La nuit suivante, toujours vers deux heures du matin, une limousine aux dimensions imposantes, Packard ou Hotchkiss – en ce qui concernait la marque, pour une fois, la mémoire du cordonnier trébuchait –, s'était garée devant l'entrée du X de la rue de Belleville. Les pneus étaient à bout de souffle, érodés jusqu'à la chape et partant en lambeaux, la carrosserie crottée de boue, le pare-brise, les phares et la calandre recouverts d'une épaisse couche d'insectes écrasés, autant d'indices qui témoignaient d'un très très long voyage. Toute une famille en était descendue. Un couple assez âgé, et quatre jeunes gens, tous vêtus de curieuse manière. Smoking et large cape de soie noire jetée sur les épaules pour le chef de famille et ceux qui semblaient être ses fils ; robe longue à la taille corsetée, chapeau à voilette, gants de dentelle et bottines pour la mère et les deux jeunes filles qu'elle tenait serrées contre elle, un bras passé sur leurs épaules. Le paterfamilias, auquel Alexandre attribua à vue de nez dans les soixante-quinze ans, agitait une canne à pommeau et inspectait avec circonspection le domaine dans lequel il venait de pénétrer. Alexandre observait tout ce beau monde, terré dans son arrière-boutique. Le Gitan qui l'avait si délicatement mis en garde contre tout excès de curiosité accueillit les nouveaux venus avec déférence et les guida jusqu'à ce qui allait devenir leur nouveau logis... Ils ne tardèrent pas à y prendre leurs habitudes, sans déranger quiconque.

À son tour, Arsène emménagea bien des années plus tard, en 1961, Ramon en 1982 et Madame Lola en 1995. Alexandre était bien le seul témoin de l'installation des mystérieux occupants de la dernière courette. Le moins que l'on puisse dire, c'est qu'ils avaient érigé leur extrême discrétion en un véritable mode de vie. Durant la journée, jamais on ne les voyait, jamais on ne les entendait. Les volets et la lourde porte de bois restaient clos du lever au coucher du soleil. Le seul signe tangible de leur présence, c'était la fumée qui s'échappait de la cheminée, durant les journées d'hiver. C'est tout juste si, parfois, en fin de soirée, Alexandre percevait les échos étouffés du piano, ce qui ne risquait pas de déranger Arsène, sourd comme un pot suite à son diabète. Le sculpteur Ramon quant à lui s'endormait vers les huit heures du soir, abruti de fatigue après avoir manié son chalumeau toute la sainte journée, et ne s'éveillait qu'à l'aube, la cervelle engourdie par les cauchemars qui le hantaient depuis son enfance et fournissaient la matière de son inspiration. Madame Lola quittait son domicile vers vingt-deux heures pour se rendre chez Madame Arthur et ne rentrait qu'au petit matin, après avoir traîné avec ses copains de tous les sexes dans les bistrots de Pigalle à la fin de son numéro de strip-tease. Avec de telles habitudes de la part des uns et des autres, la coexistence s'était paisiblement installée. Chacun chez soi. Le rituel des réunions de copropriétaires sous la présidence d'un syndic appartenait encore au domaine de la science-fiction...

Les employés du gaz ou de l'électricité ne s'aventuraient jamais jusqu'à la cinquième courette. La *folie* de l'aristocrate roumain était-elle simplement équipée de ces commodités ? Depuis sa disparition au début des années 1900, on pouvait légitimement se poser la question. Alexandre y avait renoncé. La seule fois, la seule, où un intrus se risqua à pénétrer dans la cinquième courette, ce fut donc un beau matin du printemps 1955. Il s'était présenté à la boutique du cordonnier et lui avait brandi une carte de visite sous le nez.

– Couchoron, inspecteur du fisc... nouveau venu dans le secteur.

Alexandre avait levé le nez de son établi, avec moult soupirs. Des emmerdeurs de cet acabit, il en avait connu plus d'un. Il crut tout d'abord qu'il s'intéressait aux comptes de la cordonnerie, mais c'était une erreur. Ce Couchoron, un échalas vêtu d'un costume fripé et luisant de crasse, au pantalon bien trop court, feu de plancher pour tout dire, lui inspira dès la première seconde une franche antipathie. Ses chaussures, ses chaussures surtout, trahissaient le bonhomme. Des croquenots mille fois rapiécés, recousus, un indice de radinerie rédhibitoire, qui révulsèrent l'homme de l'art. Couchoron se dandinait dans la boutique, l'œil soupçonneux, le cou agité de mouvements saccadés, pareils à ceux d'un vautour. Son crâne dégarni et son nez proéminent, effilé, évocateur d'un bec de rapace, contribuaient à renforcer cette impression. Un charognard. Il tenta d'amadouer le cordonnier. C'est qu'il s'intéressait aux habitants des lieux…

– Voyez-vous, susurra-t-il, j'en suis arrivé à la conclusion que les confrères qui m'ont précédé ont péché par négligence… Il y a là, par-derrière chez vous, des jardins, des courettes, où se cachent des gens, des gens sans scrupules, qui négligent leur devoir de citoyen. Chacun est soumis à l'impôt et doit s'en acquitter, me suis-je bien fait comprendre ?

Alexandre haussa les épaules. D'un geste ample de la main, il désigna le fourbi qui encombrait son établi, la masse de souliers, de galoches à ressemeler, à raccommoder, pour signifier qu'il n'avait pas le temps de collaborer à une enquête fiscale.

– À votre place, je passerais mon chemin… marmonna-t-il pourtant, par pure charité.

– Dois-je entendre que vous couvrez ces gens en me dissuadant d'accomplir mon devoir ? rétorqua le fonctionnaire.

Il sortit un calepin de la poche de son veston et griffonna quelques notes. Ipso facto, Alexandre comprit qu'après son refus de coopérer il se trouvait dans le collimateur et que, tôt ou tard, on lui chercherait des poux dans la tête. Comme pour confirmer cette impression, l'infâme Couchoron émit un petit gloussement lourd de menaces, quitta la boutique et s'engagea dans le dédale des jardins.

Le bouif hésita quelques instants, puis abandonna ses outils et le suivit, de loin. Son calepin à la main, Couchoron prenait des notes, esquissait des croquis, sans doute pour les comparer aux relevés du cadastre. Quand il parvint jusqu'à la cinquième courette, il ne put retenir un petit hoquet de contentement. La demeure du comte avait toujours fière allure. Depuis l'intrusion des Gitans, six ans plus tôt – cette nuit de l'été 1949, une nuit de grande frayeur dans la mémoire du cordonnier –, la végétation avait repoussé, le lierre avait repris possession des lieux, les mousses et les lichens prospéraient sur les murs, la lourde porte de bois garnie de fer forgé paraissait close depuis des lustres, idem les volets cadenassés. Tout semblait s'être refermé sur la *folie*, pour l'enserrer dans un cocon d'oubli. Et pourtant le flair de l'inspecteur du fisc l'incita à persévérer. C'était une affaire d'instinct, d'intuition, une grande qualité chez un serviteur de l'État tel que lui, ses supérieurs lui avaient souvent tressé des louanges à ce propos. Il avait mis sur la paille bien des récalcitrants et n'était pas décidé à capituler devant l'adversité. Il fit le tour de la bâtisse, ignorant les piqûres d'orties qui s'insinuaient sous les jambes de son pantalon trop court et lui meurtrissaient les chevilles, se déchira les mains sur les ronces, se cassa même la gueule en trébuchant sur une pierre, mais rien n'y fit. Le flair ! Le flair ! Couchoron était persuadé que la maison était bel et bien habitée. Ce qui signifiait qu'un asocial s'y prélassait en toute impunité, se soustrayant ainsi à son devoir de contribuable. Inadmissible ! N'écoutant que son courage, il se planta devant la porte et tambourina. De ses deux poings. De toutes ses forces. Il ne se contenta pas de cogner mais donna de la voix, jusqu'à hurler.

– Ouvrez ! Ouvrez ! En cas de refus, sachez que force restera à la loi !

À quelques mètres en retrait, Alexandre assista à la scène, partagé entre la stupéfaction et l'hilarité. Des crétins d'un tel calibre, on n'en rencontrait pas tous les jours. En dépit du silence obstiné qui fit suite à ses appels, Couchoron jugea bon de s'acharner. Après dix minutes d'agitation éperdue, il resta sans voix, épuisé. Il reprit son souffle et proféra une dernière menace.

– Je reviendrai demain... demain... c'est qu'on ne me la fait pas... Couchoron, je m'appelle Couchoron, souvenez-vous bien de ce nom ! Ouvrez ! Ouvrez !

Sa diatribe s'acheva dans une quinte de toux digne d'un phtisique à l'agonie.

Et c'est alors que la porte s'ouvrit.

Alexandre fut témoin de l'événement.

Un grincement lugubre. L'ouverture très lente du battant, tout en langueur, comme une réponse pleine de miséricorde à la supplique du limier du fisc. Une main gantée de noir se tendit alors et saisit l'inspecteur émérite Couchoron par le col de son veston. Il fut happé à l'intérieur de la *folie* en moins d'une fraction de seconde. Arraché de terre, comme s'il n'avait pesé que quelques misérables grammes. C'est tout juste si ses pitoyables godasses parvinrent à suivre le mouvement. Après quoi la porte se referma.

Épouvanté, Alexandre rebroussa chemin et regagna son échoppe d'un pas tremblant, bien décidé à boucler son clapet, et deux fois plutôt qu'une, si jamais on venait lui chatouiller les naseaux à propos de cette histoire.

Dans les semaines qui suivirent, trois policiers en civil, vêtus d'imperméables mastic et coiffés de galurins emblématiques de leur fonction, se présentèrent à la cordonnerie. Ils montrèrent à Alexandre une photographie du dénommé Couchoron. Qui avait disparu lors d'une tournée dans le quartier, selon leurs dires. On ne savait où exactement, ça pouvait être dans un rayon de plus d'un kilomètre. Les enquêteurs ne se faisaient guère d'illusions. En cette année 1955, Belleville restait une terre d'aventure et, dans le périmètre d'investigation qui avait été dévolu à l'inspecteur du fisc, on ne comptait plus les taudis, les bouges, les coupe-gorge dans lesquels Couchoron aurait pu faire une mauvaise rencontre…

– Connais pas ! grommela Alexandre en contemplant la photographie.

Les inspecteurs n'étaient pas décidés à faire preuve d'un zèle outrancier et le crurent sur parole, si bien qu'on en resta là. Couchoron reçut la médaille du Mérite du ministère des Finances, à titre posthume. Une consolation pour ses proches.

*

1949-1955-2007. Plus d'un demi-siècle s'était écoulé. Le maître bottier Alexandre ne s'était plus jamais risqué jusqu'à la cinquième courette. De même, les Gitans n'étaient plus jamais revenus, du moins à sa connaissance. Alentour, les pelleteuses et les grues à boule avaient commis d'irréparables dégâts. Des pans entiers du quartier avaient subi leur assaut ravageur et, tôt ou tard, c'était écrit, cet endroit si paisible, si pittoresque, où il avait passé toute son existence, connaîtrait le même sort. Il espérait que la Camarde l'emporterait avant ce rendez-vous fatidique, lui épargnant ainsi d'assister à un tel spectacle. Arsène, confit dans la graisse qui obstruait ses artères, n'en avait plus pour longtemps à roupiller sur sa balancelle, les guibolles de Madame Lola étaient percluses de varices, tôt ou tard elle devrait renoncer à son numéro chez Madame Arthur pour finir ses jours dans un service de gériatrie avec le minimum vieillesse des intermittents du spectacle, quant à l'autiste Ramon, il avait quitté le monde réel depuis si longtemps – si tant est qu'il y eût jamais pénétré – qu'il suffirait d'une simple pichenette pour le faire basculer dans le néant.

2

Le soir du 23 décembre 2007, à l'instant même où le légiste Pluvinage et le substitut Valjean déménageaient le cadavre empalé dans le hangar situé sur les hauteurs de Vaudricourt-lès-Essarts, une réunion des plus solennelles se tenait dans la *folie* nichée au fin fond du numéro X de la rue de Belleville. Un conseil de famille en bonne et due forme. L'heure était grave. Les six occupants du lieu étaient regroupés dans le bureau du patriarche, une vaste pièce mansardée située au premier étage de la maison. La scène était éclairée par des candélabres. Les bougies se consumaient avec lenteur, au goutte à goutte, comme pour ponctuer le silence, égrener le temps à la façon d'un métronome. Un silence abyssal.

Alentour, les rayonnages d'une bibliothèque foisonnante débordaient de volumes reliés de cuir, très anciens, du sol jusqu'au plafond, qui voisinaient avec des publications bien plus récentes, au tirage modeste, des thèses universitaires pour la plupart, aux feuillets perforés grossièrement réunis par des anneaux de matière plastique. Sans aucun souci d'ordre. Érigées de guingois, entassées pêle-mêle, les piles semblaient prêtes à s'effondrer au moindre effleurement malencontreux. Sur le sol, des manuscrits aux feuilles jaunies, des blocs de papier couverts de notes, formules mathématiques, chimiques, jonchaient des tapis d'Orient aux teintes flétries, presque invisibles, sinon par fragments. C'était là le royaume de la poussière et des toiles d'araignées. Un très ancien microscope de taille imposante trônait dans un angle de la pièce, avec un abondant échantillonnage de préparations soigneusement étiquetées. De lourdes tentures de velours pourpre obstruaient les fenêtres. Deux « écorchés » de cire, criants de vérité, dignes de ceux dus à Honoré Fragonard – et d'ailleurs c'en étaient d'authentiques –, montaient la garde sur ce capharnaüm, exhibant leurs muscles, leurs tendons, leurs vaisseaux. D'autres pièces anatomiques, toujours de cire, reposaient sur des guéridons, des consoles. On pouvait y distinguer les reliefs saisissants de réalisme de différents organes du corps humain. Et mieux encore : tout au fond de la pièce, une collection de bocaux emplis de formol garnissait une rangée d'étagères ; cerveaux, foies, intestins, cœurs – qui eux n'avaient rien d'artificiel – y flottaient comme en apesanteur dans le liquide mordoré, ainsi préservés de la putréfaction. Une vitrine spéciale était dévolue à une collection de mâchoires humaines déformées, distordues, ainsi que de dents, canines ou incisives proéminentes, autant de caprices de la nature, certaines évoquant même de véritables crocs de loup.

Et, au beau milieu de toutes ces reliques, l'écran d'un MacBook Pro 24 pouces scintillait sur le bureau de style rococo. Une imprimante Hewlett-Packard HD 3203 à jet d'encre ronronnait à ses côtés. Un téléviseur à écran plasma Pioneer PDP-LX 50080 127 cm Full HD TNT intégré avec son stéréo Nicam garnissait un des rares pans de murs qui n'était pas obstrué par la paperasse ; le son était coupé mais l'image, réglée sur la chaîne LCI, donnait à voir en boucle la folie du monde. Tsunamis, attentats kamikazes, procès de politiciens véreux, tournois de base-ball, traques de pédophiles…

*

La famille n'avait guère l'habitude de pénétrer dans cet endroit, un véritable sanctuaire dans lequel on n'accédait qu'exceptionnellement, avec l'assentiment du maître des lieux. L'heure était à la réflexion, au recueillement.

Petre Radescu, le patriarche, toisait les siens, assis face à lui, avec un mélange de sévérité, de gravité, mais aussi de profonde affection. Debout, ses deux mains posées à plat sur le plateau de son bureau, il se tenait raide, dans une posture austère, quasi hiératique, qui lui était coutumière, dominant son épouse et ses enfants de sa haute stature, un mètre quatre-vingt-quinze, à peine atténuée par une légère voussure des épaules. D'un geste machinal, empreint de lassitude, il effleura la marqueterie parsemée de griffures, coups de canif, de coupe-papier, de taches d'encre, plumes sergent-major ou stylos bille, traces irréfutables d'un travail acharné, inlassable, dont le meuble avait été le témoin autant que le réceptacle au fil des décennies. Petre toussota. Ses mains aux ongles soigneusement manucurés étaient fines, longues, osseuses, parsemées de taches de son, de cicatrices ; les veines bleutées y saillaient comme autant de nervures sur une feuille morte. Petre portait beau, comme on dit, pour un homme de son âge. Son visage d'une extrême pâleur, émacié, au nez aquilin, creusé de rides profondes, aux sourcils charbonneux, auréolé d'une abondante crinière grise, léonine, témoignait d'une vie riche en rebondissements, d'un parcours aventureux, chaque événement, chaque accident du passé, heureux ou malheureux, ayant cruellement imprimé sa marque dans la chair ou, avec plus ou moins d'indulgence, tracé son empreinte discrète à la surface de la peau, à la manière du burin d'un sculpteur. Le souvenir de mille douleurs, l'évidence d'une fatigue infinie s'y dessinaient à livre ouvert. Mais, comme pour démentir cette impression de gravité, sinon de tristesse, la bouche, fine, aux lèvres pincées était ornée d'une petite moustache qui enrobait les commissures et poursuivait sa course jusqu'au menton pour y dessiner une moue perpétuellement sarcastique. De même, dans ce visage marqué par la vieillesse, les yeux à la pupille d'un noir de jais, profondément enfoncés dans leurs orbites, étaient sans cesse animés d'un mouvement impétueux, narquois, juvénile, tel un antidote aux meurtrissures de l'âge.

Petre Radescu interrogeait les siens du regard, allant de l'un à l'autre, saisi d'une impatience qu'il n'avait aucune intention de leur dissimuler.

– Je vous ai réunis ce soir pour prendre la décision ultime... énonça-t-il d'une voix sourde. Quelle qu'en soit l'issue, ni vous ni moi nous ne pourrons reculer. Vous avez eu tout le temps de réfléchir, de peser les arguments que je vous ai soumis. Le pour, le contre. Notre destin est en jeu, ni plus ni moins. Mais pas seulement le nôtre, celui de toute notre communauté. Et peut-être bien au-delà... Il est des moments dans... dans l'Histoire... où l'action déterminée de quelques individus peut bouleverser le cours d'événements que l'on pourrait croire abandonnés aux simples caprices des contingences. Nous pourrions différer, certes, ignorer notre responsabilité, et elle est terrible, écrasante, oh oui, nous pourrions rester calfeutrés dans notre misérable égoïsme, mais tôt ou tard nous nous en repentirions. J'en suis profondément convaincu.

Petre arpenta la pièce, foulant l'amas de paperasses qui jonchait le sol. Il était vêtu d'une ample robe de chambre de soie écarlate dont les pans interminables se perdaient autour de ses chevilles, dissimulant ses pas, donnant ainsi l'illusion qu'il flottait au-dessus du sol, comme délivré du fardeau de son enveloppe charnelle. D'un geste théâtral, il posa la main sur l'épaule d'un des écorchés de Fragonard, qui scrutait la pièce de ses yeux écarquillés, semblant ainsi solliciter son approbation.

*

Au-dehors, à quelques mètres à peine, Madame Lola entamait ses vocalises quotidiennes, avant de se rendre au cabaret Madame Arthur pour y produire son numéro. De sa voix éraillée de vieille poissarde, elle entonna à tue-tête une des rengaines qui faisaient se pâmer ses admirateurs.

> *Du gris que l'on prend dans ses doigts, et qu'on roule,*
> *C'est fort, c'est âcre comme du bois, ça vous saoule,*
> *C'est bon et ça vous laisse un goût presque louche*
> *De sang, d'amour et de dégoût, dans la bouche !*

Madame Lola enfila sa culotte, son porte-jarretelles, ses bas ainsi que le reste de son costume de scène, ajusta sa perruque, se drapa dans son chinchilla et frappa la tête de son boa d'une chiquenaude affectueuse. Il était temps de partir au turbin. Un taxi l'attendait, comme tous les soirs.

– *De sang, d'amour et de dégoût, dans la bouche...* brailla-t-elle une dernière fois, avant de s'éclipser.

Et le silence revint pour envelopper les courettes de son voile de quiétude.

*

– Bien ! Votre décision ? s'écria Petre Radescu en effectuant une soudaine volte-face pour interpeller les siens, toujours plongés dans une attente respectueuse.

Sa femme, ses deux fils, ses deux filles, assis face à lui, devant le bureau, en demi-cercle, guindés, mal à l'aise dans leurs fauteuils.

– Martha ? demanda Petre, en pointant l'index vers son épouse.

Grande, élancée, d'une élégance tout aristocratique, au port altier, sa robe fourreau épousant les courbes parfaites de son corps, comme s'il se fût agi de celui d'une jeune fille, Martha Radescu hocha lentement la tête en signe d'approbation. Frappée de la même pâleur que son époux, elle paraissait toutefois sensiblement plus jeune et semblait voguer dans la soixantaine. Son regard exprimait une lassitude intense. Elle se força à sourire, et l'effort lui coûta. Durant une brève fraction de seconde, elle plissa les yeux d'un air mutin, celui-là même qui avait conquis Petre dès la première seconde de leur rencontre, il y avait bien longtemps de cela.

– Je vous suivrai toujours, mon ami, toujours, murmura-t-elle d'une voix aussi douce qu'énamourée.

– Bien ! Je n'en attendais pas moins de vous ! acquiesça le patriarche, attendri.

Il arpenta de nouveau l'espace du bureau, tapota du bout de l'ongle l'un des bocaux où les pièces anatomiques flottaient dans leur bain de formol et se retourna d'un bloc pour fixer Athanase, son fils aîné. Un lascar dans la quarantaine, apparemment, plutôt relax. Ventripotent mais pas trop, massif, une belle allure de petite frappe au regard insolent qui ne brillait pas d'intelligence mais témoignait d'une expérience certaine de la vie, nourrie de castagnes, de coups plus ou moins tordus. Vêtu à la mode gothique, redingote cintrée, chemise à jabot mauve, cravate rouge incarnat, piercings à tout-va, ongles peints en noir et maquillage à l'avenant. Blafard de chez blafard. Ses mains crasseuses étaient pourvues de bagues aux formes étranges, qui, réunies, évoquaient bien plus un poing américain que des bijoux de chez Cartier. Le genre de type au look inquiétant à qui on ne cherche pas noise dans le dernier métro. Certains s'y étaient essayés et l'avaient amèrement regretté.

– Alors, toi ? l'apostropha Petre avec rudesse.

Athanase se racla longuement la gorge avant de répondre. Ses rapports avec le paternel n'avaient jamais été harmonieux, c'est le moins que l'on puisse dire. Il avait été élevé à coups de taloches et, en dépit de l'écrasante autorité du patriarche, n'avait jamais mis le genou à terre. Un rebelle. Petre le détestait mais reconnaissait en lui un authentique héritier de la lignée des Radescu. De ceux qui, quoi qu'il arrive, se refusent à plier devant l'adversité. À maintes reprises, Martha s'était interposée entre le père et le fils, durant les pires moments de leurs disputes, voire de leurs pugilats.

Son frère cadet, ses deux sœurs attendaient craintivement qu'il prenne enfin la parole.

– Je ne suis pas d'accord, annonça calmement Athanase.

– Mon fils ? Tu t'opposeras donc à mon projet ? demanda Petre.

– Je n'ai rien dit de tel, père, je pense simplement que nous allons tout droit vers de gros ennuis. Nous vivons très bien comme nous sommes, avec tous les inconvénients dus à notre condition, c'est vrai, mais aussi tous ses avantages... alors pourquoi aller chercher les complications ?

– Tu as pleinement conscience de l'enjeu ? Tu coopéreras ? insista Petre.

– Je coopérerai... soupira Athanase.

Il fixa sa mère, ses deux sœurs, son frère cadet, avec angoisse.

– Mais si ça tournait mal, si nous nous retrouvions en danger, ajouta-t-il, je pourrais réviser ma position. Ce sera chacun pour soi, soyez-en sûrs, chacun devra sauver sa peau.

– Je respecte ton point de vue, murmura Petre. En toutes circonstances, la lucidité est un atout précieux.

Satisfait de la franchise de son fils, il lui posa la main sur l'épaule et l'étreignit. Un geste totalement inhabituel. Aussi loin qu'il pouvait remonter dans sa mémoire, Athanase n'avait jamais éprouvé une telle émotion. Les larmes perlèrent à ses paupières. Petre eut la délicatesse de feindre de ne pas s'en apercevoir. La réconciliation entre les deux hommes intervenait bien tardivement, mais elle n'en était que plus sincère. Martha éclata en sanglots.

– Allons, allons, tempéra Petre, ne nous laissons pas aller à la sensiblerie, l'heure est bien trop grave pour...

Il ne parvint pas à achever sa phrase, tant sa gorge était nouée. Il effectua quelques nouveaux allers et retours d'un écorché à l'autre pour se donner le temps de reprendre contenance.

– Irina ? demanda-t-il soudain en se tournant vers sa fille aînée.

Une quinquagénaire obèse, au visage sans grâce, bouffi, et d'une pâleur extrême comme celui de tous les membres de la famille. Sa chevelure filasse, jadis blonde mais commençant à tirer sur le gris, un vrai gisement de pellicules, qu'elle entretenait vaille que vaille à grands renforts de séances de pose de bigoudis, ne contribuait qu'à l'enlaidir. Ses mains potelées, rougeaudes, aux doigts noircis par le tabac, aux ongles atrophiés et au pourtour sanguinolent à force d'être compulsivement rongés, soulignaient, s'il en était besoin, sa nature profondément anxieuse. Elle portait une robe informe, chiffonnée, qui laissait tressauter ses seins mafflus : en dépit de sa corpulence, le recours à un soutien-gorge lui semblait inopportun. Quant à ses chaussures, inqualifiables, de vagues savates retenues par une languette qui s'enroulait autour des chevilles, elles s'approchaient plus de la charentaise que de l'escarpin. Des mi-bas plissaient sur ses mollets et ne cachaient rien de ses varices.

– Irina ? J'attends ta réponse... insista le chef de famille.

Elle saisit le paquet de Gauloises qu'elle gardait toujours à portée de main, en sortit une, leva ses fesses du fauteuil qui les avait abritées et y laissaient encore leur empreinte sur le rembourrage de velours, vint allumer sa cigarette à la bougie d'un des candélabres, retourna s'asseoir et souffla un épais nuage de fumée.

– Ça ne tiendra pas la route, il est encore trop tôt, bien trop tôt ! finit-elle par asséner de sa voix râpeuse, enrouée par l'excès de tabac.

Petre haussa dédaigneusement les épaules. Il redoutait par-dessus tout l'hostilité d'Irina. La seule parmi les siens à pouvoir émettre un avis autorisé, objectif, concernant le projet.

– Tu participeras, oui ou non ?

Elle garda le silence.

– Tu participeras ? insista le patriarche. Même si tu n'approuves pas, tout ce que je te demande, précisément, c'est une participation disons... passive, tu me comprends parfaitement !

D'un air buté, elle crachota un brin de tabac qui pendait à la commissure de ses lèvres.

– Irina, fais pas chier ! hurla alors Athanase, dans un brusque accès de colère. Père ne te demande pas de mettre tes connaissances à sa disposition, mais simplement d'oublier ton putain d'orgueil pour qu'il puisse faire avancer ses recherches !

Irina se cabra, effrayée par cette tirade. Durant leur enfance, si lointaine, Athanase, bien que plus jeune qu'elle, lui avait administré maintes raclées, et elle en conservait un souvenir cuisant. À cet instant précis, son frère, dont les yeux étaient injectés de sang et dont les mains tremblaient sous l'effet de la fureur, semblait prêt à renouer avec ces détestables habitudes, n'en déplaise aux parents et aux deux autres enfants.

– Allons, il suffit ! s'écria Petre Radescu en frappant du poing sur son bureau.

Athanase inclina la tête en signe de soumission. Et Irina battit en retraite en grommelant que l'on pouvait compter sur elle.

Soulagé, Petre se tourna vers Andréa, son fils cadet. Un jeune homme qui semblait tout juste sorti de l'adolescence, au corps d'éphèbe, au visage glabre, d'une beauté réelle mais fade, qui évoquait celui d'un mannequin mâle posant pour la pub d'un quelconque produit cosmétique sur les pages glacées d'un magazine. Tout en lui, ses gestes maniérés, ses mimiques précieuses, trahissait la faiblesse de caractère, le manque d'assurance. L'antithèse exacte de son frère Athanase. Andréa portait un smoking d'un noir étincelant, avec nœud papillon et pochette assortis, une chemise de soie, des souliers vernis, et, si le tabagisme était un de ses nombreux vices, à l'instar de sa sœur Irina, il s'y adonnait avec élégance, enchâssant ses Dunhill l'une après l'autre dans un fume-cigarette d'ivoire. Il garda le silence un long moment, comme pour bien souligner que son avis importait, qu'en dépit de son jeune âge on devait compter sur lui, que la décision qu'il avait prise lui coûtait, qu'elle avait nécessité une longue et douloureuse réflexion. Petre n'était pas dupe de ce jeu. Tout jeune bambin, déjà, Andréa ne consentait à s'asseoir sur le pot et à faire don du fruit de ses entrailles qu'avec la plus extrême réticence. Quand c'était chose faite, il accueillait avec dédain les applaudissements de ses géniteurs, qui ne manquaient jamais de saluer bruyamment l'événement, élevé au rang d'exploit.

Diplomate, Petre patienta le temps qu'il fallait, mais pas plus. Andréa se massait le front, longuement, comme pour en extraire le suc d'intenses cogitations. Petre claqua soudain des doigts, la pulpe du pouce contre celle du majeur, arrachant ainsi son rejeton à l'exercice qui paraissait si laborieux.

– Eh bien, j'ai entendu Athanase, j'ai entendu Irina, je vous ai entendu, Père, je vous ai entendue, Mère, et j'approuve, je participerai ! s'écria précipitamment Andréa, d'une voix qu'il eût voulue assurée, grave, virile, mais qui, traîtresse, allait parfois se percher dans les aigus.

– Tu m'en vois ravi, fils ! Ton soutien me sera des plus précieux ! rétorqua Petre, habitué à ce genre de démonstration pusillanime, aussi patient vis-à-vis de son cadet qu'il avait été intransigeant face à son aîné.

Le paterfamilias prit alors une profonde inspiration avant de se diriger vers Doina, sa cadette. Une frêle jeune fille, plus jeune encore qu'Andréa, absolument ravissante, au teint diaphane et dont le visage rougeoyait imperceptiblement alors qu'elle se tenait assise à proximité immédiate d'un des candélabres. Si ses frères et sœur cultivaient un look vestimentaire assez décalé, elle avait opté pour plus de discrétion et, comme bien des gamines de son âge, portait un ensemble jean Wrangler, un pull Calvin Klein et une paire de baskets Nike.

D'un regard d'une profonde douceur, qu'un observateur distrait aurait pu croire candide, elle fixait son père qui vint poser ses paumes sur ses joues, afin de les lui caresser avec délicatesse. Les doigts osseux de Petre s'enfoncèrent ensuite dans sa longue cascade de cheveux roux, avec délectation, pour y faire naître des vagues ondoyantes et soyeuses.

– Doina, ma petite, ma toute petite, je n'ai pas besoin de te demander ton approbation... n'est-ce pas ? murmura-t-il.

Doina confirma son accord d'un simple battement de cils. Toute la fratrie avait les yeux rivés sur elle. Athanase, goguenard, se curant le nez, Andréa, hautain, mais secrètement humilié par la tendresse que le patriarche manifestait envers la dernière-née et qu'il avait lui-même en vain cherché à capter. Irina quant à elle toisait sa sœur cadette avec un mélange de hargne et de jalousie. L'éclatante beauté de Doina – la perfection absolue de ses traits, ses grands yeux taillés en amande, à la pupille d'un bleu étincelant, ses lèvres si délicatement dessinées, ses mains qui évoquaient celles d'une poupée de porcelaine – ne faisait que souligner sa propre laideur. Tant d'injustice l'avait toujours révoltée. Dans le passé, quand, adolescente, elle se penchait sur le berceau du bébé, de bien mauvaises pensées lui avaient souvent traversé l'esprit...

Petre regagna sa place derrière le bureau et hocha longuement la tête.

– Je vous remercie, laissez-moi seul, à présent !

*

Tous obéirent, conscients de la gravité du moment, du point de non-retour que le clan venait d'atteindre. Ils quittèrent la pièce, en file indienne, Martha devant ses enfants, Irina cramponnée à la rampe de peur d'être emportée par son poids, pour s'engager dans l'escalier dallé de marbre qui menait au rez-de-chaussée. Ils aboutirent dans le salon, un salon richement meublé, étrange, empruntant à divers styles hétéroclites, Louis XVIII ici, Art déco à un autre angle de la pièce, colonial ailleurs, le tout formant un ensemble curieux, totalement subversif, pour ne pas dire iconoclaste, mais non dépourvu de charme. Le merisier voisinait avec le palissandre, l'ébène avec le chêne, le teck avec le santal, sans aucun respect des us et coutumes qu'aurait revendiqués le plus néophyte des apprentis décorateurs. Une hérésie qui frisait la provocation. On se serait cru dans l'arrière-boutique d'un antiquaire boulimique, obsessionnel, ayant entassé ses trouvailles au fil des ans, des voyages, et qui n'aurait pu se résigner à se séparer de ses trésors. Et partout, des candélabres en abondance. Au beau milieu trônait le piano à queue, un authentique Steinway aux courbes majestueuses. Tout près, un gramophone et une impressionnante pile de disques 78-tours voisinait avec une chaîne Bang & Olufsen et une collection de CD non moins fournie. Martha s'installa devant le clavier ; ses mains l'effleurèrent pour y effectuer quelques gammes, avant de se lancer dans la *Grande Valse brillante*. Ses enfants demeurèrent quelques instants derrière elle, comme toujours émerveillés par tant de virtuosité. Chopin… Elle sentait leurs regards rivés sur sa nuque et aperçut leurs visages dans le colossal miroir orné de dorures qui surplombait l'instrument.

– Eh bien, qu'attendez-vous ? s'écria-t-elle après s'être interrompue. Pour le moment, rien ne change à nos habitudes, que je sache ? Alors que chacun vaque à ses occupations, comme tous les soirs !

Elle reprit le morceau là où elle l'avait laissé, désormais indifférente à ce qui se passait autour d'elle. À cet instant, l'iPhone d'Irina bourdonna dans son sac à main, une sorte de gibecière informe en skaï imitation croco. Elle écouta avec attention la voix de son interlocuteur. Ses paupières alourdies de cernes s'arrondirent sous l'effet de la surprise.

– Vous en êtes bien certain, Pluvinage ? demanda-t-elle, incrédule. Ce n'est pas un canular, au moins ? C'est que, voyez-vous, j'étais de congé ce soir… Bien, bien, vous pouvez compter sur moi, cela va de soi, je viens, j'arrive tout de suite…

De sa démarche quasi pachydermique, elle se dirigea vers la lourde porte de bois qui barrait l'entrée de la *folie*, actionna les multiples serrures et verrous qui la cadenassaient du sol au plafond, puis disparut avec précipitation, aussi vite qu'elle le pouvait. Andréa se prélassait dans un sofa, un jeu de cartes à la main. Il s'assouplit les doigts, battit le jeu avec une dextérité diabolique, déposa les cartes en éventail sur un guéridon, les récupéra, en sortit le roi de pique qu'il mit à l'écart, battit de nouveau les cartes, les déposa en éventail, en sortit un nouveau roi de pique, et réitéra l'opération à trois reprises. Quatre rois de pique coup sur coup, la performance forçait l'admiration. Il les retourna illico sur le plateau du guéridon, côté pile, les enveloppa prestement de sa main droite, les retourna aussi vite côté face : les rois de pique étaient devenus des rois de trèfle. Il les réintégra dans le jeu, glissa celui-ci dans le veston de son smoking, saisit une canne à pommeau d'argent – un cadeau de son père – et, très cabotin, la fit tournoyer à plusieurs reprises au-dessus de sa tête en un moulinet du poignet.

– Je sors ! annonça-t-il à la cantonade, déçu par le peu d'intérêt que son petit numéro avait suscité.

– On avait remarqué... ricana Athanase. Allez, bonne nuit, frérot !

Lui aussi affalé sur un canapé, il tendit la main vers un meuble-bar d'origine annamite en forme de pagode, se servit un grand verre de scotch et le sirota à petites gorgées. Doina se tenait debout, les bras croisés, au centre de la pièce. Désireuse à son tour de déguerpir, mais comme incapable d'en prendre la décision. Athanase tapota les coussins de satin sur lesquels il avait pris place et lui adressa un signe de la main. Une invitation à le rejoindre. Elle se laissa glisser à ses côtés. Il la serra affectueusement contre lui, une main passée autour de sa taille, l'autre lui caressant le front.

– Tu m'en veux ? demanda-t-elle d'une toute petite voix. C'est à cause de moi si tout cela arrive...

Athanase secoua négativement la tête, l'index pointé en direction de l'étage, là où leur père poursuivait ses réflexions. Les accords du piano leur interdisaient de percevoir le bruit de ses pas, mais de fins nuages de poussière filtraient au travers des solives du plafond, soulevés par ses allées et venues dans ce bureau où il passait le plus clair de son temps à surfer sur Internet en prenant ses écorchés à témoin de ses hypothèses.

– Ça devait nous tomber dessus un jour ou l'autre, bougonna Athanase, hein, depuis le temps que ça le travaille, le vieux ! T'étais même pas encore née qu'il me bourrait déjà le mou avec ses lubies, alors tu penses si je peux te reprocher quoi que ce soit... N'empêche, je l'ai dit franchement tout à l'heure, on risque tous de trinquer ! Il se rend pas compte !

– Moi si, protesta vigoureusement Doina, je suis pleinement consciente des risques !

– Mes enfants, ça suffit, les conciliabules, s'écria Martha, en pivotant sur son tabouret. Vous avez bien mieux à faire que de passer votre nuit à vous morfondre ici ! Si j'avais votre âge, croyez-moi...

C'était la voix de la sagesse. Doina et Athanase franchirent le seuil de la *folie* en se tenant par la main. Ils traversèrent les courettes, une à une, pouffèrent de rire en dépassant les figurines horrifiques du forain Arsène, les sculptures apocalyptiques de Ramon, le bassin où se prélassait le boa de Madame Lola et enfin l'atelier enténébré du maître bottier Alexandre. À ce niveau, haut perché, de la rue de Belleville, on pouvait apercevoir la silhouette de la tour Eiffel qui brillait de tous ses feux, au loin, sur l'autre rive de la Seine.

Athanase sauta dans un taxi, Doina dans un autre.

3

— Vous allez voir, annonça le docteur Pluvinage, c'est un personnage étonnant !

Depuis la découverte du cadavre empalé dans l'entrepôt de Vaudricourt-lès-Essarts, il avait passé la soirée à rameuter la crème des médecins légistes, de vieux copains de fac comme lui blanchis sous le harnais, des briscards qui avaient écumé toutes les morgues de France et de Navarre, le bistouri à la main et la Gitane maïs au coin du bec, mais aussi, par souci d'équité, la nouvelle génération, les fanatiques de l'ADN, les petits marquis du scanner et de l'IRM, les accros de la scintigraphie. Un véritable fossé générationnel. D'un côté, l'expérience patiemment accumulée, le travail de terrain, les nuits épuisantes passées à découper la viande froide, avec, au petit matin, le sandwich dévoré de bon cœur accompagné d'un ballon de beaujolais devant la table de dissection, de l'autre, les tenants de l'écran d'ordinateur, de la sécheresse des comptes rendus qui s'affichaient sur les feuillets de l'imprimante. Deux écoles antagonistes. Deux cultures irréductibles. La querelle des

Anciens et des Modernes, ancestrale antienne qui avait encore de beaux jours devant elle...

Ils étaient plus d'une vingtaine, réunis autour du corps. Sidérés. Jamais ils n'avaient vu un tel spectacle. Pleinement conscients de la chance qui leur était offerte. Un pantin couché sur le dos, figé dans une posture grotesque – nuque cambrée, bras et jambes écartés, genoux et coudes fléchis, l'entrecuisse dans un état innommable –, et qui n'en finissait plus de hurler ses souffrances depuis l'au-delà où il avait basculé. La table d'autopsie était surmontée de puissantes lampes au néon qui l'enveloppaient d'une lumière crue, bleutée, impitoyable.

Quelques manifestations d'impatience agitèrent l'aréopage ainsi rassemblé. Il n'y avait pas de temps à perdre. D'une façon ou d'une autre, il fallait se mettre au travail. Pluvinage, contrarié, consulta sa montre.

– Elle m'a confirmé qu'elle arrivait, ce n'est sans doute qu'un simple contretemps, une question de minutes... je tiens absolument à ce qu'elle soit présente ! Elle sera ma première assistante. Croyez-moi, c'est la meilleure d'entre nous ! Elle travaille à la morgue de Paris, quai de la Rapée... Sa modestie quasi maladive lui a interdit de briguer la carrière à laquelle elle pouvait prétendre, et c'est profondément injuste !

Quelques-uns des présents, impatients de passer à l'action, marmonnèrent qu'ils s'en contrefoutaient. Pluvinage rétablit la discipline d'un simple froncement de sourcils. C'était lui la puissance invitante, aussi tenait-il à ses prérogatives.

Les lourds battants de la salle d'autopsie s'écartèrent soudain pour laisser entrer Irina Radescu. Les présents toisèrent avec étonnement la nouvelle venue. Fagotée comme une souillon, la démarche traînante, tétant sa clope, elle semblait plutôt destinée à empoigner le balai ou la serpillière qu'à manier le scalpel. Déjà essoufflée après avoir gravi les quelques marches qui menaient à la salle, elle serra la main de Pluvinage, tourna lentement autour du cadavre et émit un sifflement appréciateur.

– Un empalement, alors ça, c'est original…

– Vous voyez bien, Irina, je ne vous avais pas menti !

Sans un regard pour l'assemblée, la Radescu balança son sac à main informe dans un coin de la pièce, expédia son mégot dans un lavabo, enfila une blouse blanche, des gants de latex et posa ses deux mains sur ses hanches en bombant sa poitrine.

– Je suis prête !

– Allons-y ! décréta Pluvinage.

Il s'approcha du cadavre, souleva avec délicatesse les testicules et la verge, dégageant ainsi la zone anale, totalement ravagée. Le vidéaste qu'il avait convoqué régla ses objectifs pour ne rien perdre de la suite des opérations. Concentré, Pluvinage saisit un scalpel et commença à inciser l'abdomen, de la symphyse pubienne jusqu'au sternum.

*

Au même moment, le jeune Andréa abattait ses cartes devant ses compagnons de jeu. Carré d'as.

En face, rien ou presque, à peine un maigre brelan de dames. Pour la troisième fois. Son adversaire accusa le coup. Andréa tendit la main pour ramasser en un tas compact les jetons multicolores étalés sur le tapis vert. Toute la mise lui revenait. Il salua l'assistance et se dirigea vers le caissier pour échanger ses jetons de plastique contre une belle liasse de billets de cent euros. Après quoi il quitta l'établissement, le Diam's, un cercle de jeu de l'avenue Frochot, situé à deux pas de la place Pigalle. Steeve Marvil, un petit caïd de la cité des 4 000 de La Courneuve, qui sortait de quelques mois de villégiature à Fleury-Mérogis et s'était mis en tête de jouer dans la cour des grands, peinait à digérer sa fureur. Andréa l'avait proprement plumé.

– Il a triché, c'est pas possible autrement ! J'vais l'niquer, c'bâtard de bouffon ! Lui mettre bien profond ! éructa-t-il, l'écume aux lèvres et le majeur élégamment dressé.

Installés à des tables voisines, les habitués du cercle de jeu sourirent en toisant ce jeune homme très fort en gueule, à la carrure de colosse, avec amusement et commisération. Moussa, un de ses lieutenants, qui régentait le bizness multicarte dans leur secteur d'origine, tenta d'apaiser ses ardeurs.

– Steeve, faut se la jouer cool, t'as voulu venir ici, et j't'avais conseillé le contraire, Pigalle, c'est pas pour nous ! chuchota-t-il à l'oreille du caïd. C't'enculé d'sa mère, tout le monde t'a vu jouer avec lui, y'aura des témoins de l'embrouille, et toi, tu sors tout juste de zonzon, alors mieux vaut s'écraser, non ?

– Zy-va ! J'm'en bats les couilles ! rétorqua sèchement Marvil.

La sagesse n'était pas sa qualité première. Il écarta Moussa d'une ruade, se précipita au-dehors et se mit à arpenter les rues voisines d'un pas titubant. Au pif. Les prostituées avaient déjà pris leur faction, à même le trottoir ou juchées sur leur tabouret dans les bars à hôtesses, la jupe retroussée jusqu'au ras du string, la pointe des seins en ordre de bataille, tandis que les touristes déambulaient à la devanture des sex-shops, attirés par les étalages de lingerie coquine, aguichés par les promos de poppers, de sex-toys, ou d'accessoires SM. Steeve Marvil tournait en rond, enragé, à moitié sonné par les verres de Jack Daniel's ingurgités depuis le début de la partie de poker, trois heures auparavant. C'est que ça faisait classe, superstylé, le bourbon, même s'il n'en appréciait guère la saveur, bien trop âcre à son goût. Mais Marvil avait voulu singer ses héros, les stars du gangsta-rap, dont il se repassait les hits sans se lasser sur son iPod, à fond les manettes, quitte à s'en bousiller les tympans. Sans compter les clips diffusés sur MTV. Grosses bagnoles à la carrosserie étincelante et petites meufs idem ! Un monde enchanté. Dans les casinos de Vegas, la thune coulait à flots, c'est bien connu. Comment ne pas y croire quand on disposait d'un petit pois en guise de cervelle et qu'on avait grandi au 98 bis de l'avenue Gagarine, à La Courneuve, 93120 ? Total, il s'était bel et bien fait entuber par une salope de frimeur de bourge de pédé de sa race ! Et en smoking, par-dessus le marché ! Un tricheur de première bourre, ouais, c'était pas possible autrement. Dans les albums de *Lucky Luke* qu'il avait lus à la bibliothèque de Fleury-Mérogis grâce au programme d'éveil socio-éducatif, c'était très simple, on leur administrait une bonne leçon, à ces pourris : le goudron et les plumes ! Un vrai plan de ouf, hyperjouissif. Ce soir-là, Steeve Marvil n'avait rien de tel à sa disposition. Il allait donc falloir improviser.

*

Le quartier n'avait aucun secret pour Andréa et il se délectait à y passer certaines de ses nuits. À Pigalle, quand il avait sans coup férir essoré le portefeuille d'un cave, il traînait d'un endroit à l'autre, avec nonchalance. Il connaissait chacun des rabatteurs des boîtes à strip-tease, chacun des Pakistanais qui débitaient leurs shawarma aux effluves de graillon, chacune des putes qui zonaient jusqu'à la place Blanche, chacun des dealers et des junkies qui tournoyaient dans les parages. Un de ses endroits de prédilection, c'était toutefois le Bistrot du Curé, une gentille cantine façon abbé Pierre, située au tout début du boulevard de Clichy, à côté du Sexodrome, une sorte d'hypermarché dédié à la production porno. Il ne manquait jamais d'y effectuer une halte, d'en saluer les habitués, des éclopés du destin, qui passaient là pour quémander un bol de soupe, et surtout une lampée de chaleur humaine, avant de replonger dans la rue, la nuit et ses galères. Andréa se faisait un devoir d'offrir une petite pièce de monnaie à un papy anémique, de proposer son bras secourable à une petite vieille pour lui permettre de traverser la chaussée sans encombre.

Sa canne à la main, il remonta la rue des Martyrs, passa devant chez Madame Arthur, où à cette heure, il le savait, sa voisine Madame Lola trémoussait de la croupe devant ses aficionados en poussant la goualante, un refrain de Fréhel à la suite d'une complainte de Damia. Nostalgie...

Les travestis postés en rang d'oignon rue Houdon, emmitouflés dans leurs manteaux de vison, mais le poitrail à l'air et la cuisse tendue, enveloppée d'un bas arachnéen pour mieux exposer la camelote, le saluèrent comme un habitué, un voisin qui avait toujours un mot gentil à leur adresser.

– Salut les filles ! leur lança-t-il, désinvolte.

– Bonsoir, beau gosse ! répondirent-ils en sachant qu'ils ne devaient pas insister davantage.

Ce fut alors qu'il arrivait aux abords du métro Abbesses que Marvil le repéra enfin. Les rues étaient désertes, les rares noctambules se tenaient bien au chaud à l'abri des cafés ou terminaient leur plateau de fruits de mer dans les brasseries. Indifférent à la froidure, Andréa flânait en toute insouciance, fredonnant un des tubes de Madame Lola, *Où sont tous mes amants, tous ceux qui m'aimaient tant, du temps que j'étais belle*, quand une main s'abattit brusquement sur son épaule. Il se retourna d'un bloc, d'un pas chassé, se dérobant avec une souplesse féline pour se mettre hors de portée de l'agresseur, qu'il put ainsi considérer avec toute la froideur qui convenait dans une telle situation. La démarche incertaine de son adversaire en disait long sur les capacités de celui-ci à mener à bien son projet de vengeance. Steeve Marvil lâcha une bordée d'injures à faire rougir toute une brochette de prévenus dans la salle de comparution immédiate du tribunal de Bobigny. Le propos était confus mais le ton véhément. Andréa n'était pas d'humeur à se laisser importuner. Marvil sortit un couteau à cran d'arrêt de la poche de son jean et fonça sur sa proie. Tout se passa si vite que les dernières secondes de la vie du caïd de la cité des 4 000 ne lui laissèrent pas le temps de comprendre ce qui lui était arrivé. Sûr de sa force, convaincu de sa supériorité face au gringalet, cent kilos contre cinquante-cinq, à tout casser, c'était plié d'avance. Mais alors que Marvil brandissait son cran d'arrêt tel un Hutu sa machette, Andréa lui cisailla la gorge de la pointe de l'épée que recélait sa canne. Elle en avait jailli en une fraction de seconde. Un coup direct, de face, perforant le larynx, puis une violente rotation en direction de la carotide. Après quoi la lame réintégra son fourreau, avec la même rapidité. C'est tout juste si l'acier avait eu le temps de scintiller sous le clair de lune. Un éclair fugace, quasi imperceptible, rien d'autre. N'était-ce qu'une illusion ? Non... Marvil tenait ses deux mains crispées sur son cou, assis sur le trottoir, incrédule, les yeux écarquillés par l'épouvante. La mort venait à sa rencontre, nonchalante et goguenarde. Son couteau avait chuté dans le caniveau. Après tout, Andréa n'était pas responsable de cette issue dramatique.

Si le caïd s'était tenu à carreau, s'il avait compris la leçon administrée dans le cercle de jeu, il n'en serait pas là, à l'agonie, à terminer son existence minable sur un coin de trottoir en un épilogue aussi tragique que dérisoire. Ou l'inverse.

Le sang jaillissait à flots bouillonnants entre les doigts du malfrat, qui happait l'air glacé de sa bouche grande ouverte. À l'étage du dessous, du côté de la pomme d'Adam, ce n'étaient que chuintements et gargouillis. Pas un passant en vue. Le sang inondait le torse de Marvil par flux successifs, à chaque pulsation cardiaque, de plus en plus rapides. Andréa fut envahi d'un frisson à la fois languide et douloureux. Ses narines palpitaient, affolées. En dépit des émanations de dioxyde de soufre, des remugles de poubelles, des relents de shit qu'un adepte du pétard avait abandonné ici même quelques secondes plus tôt, des fragrances de patchouli qu'une gamine qui l'accompagnait avait laissées dans son sillage, l'arôme à nul autre pareil se frayait un chemin jusqu'à ses fosses nasales, déclenchant une cascade de réactions qu'il était incapable de contrôler, l'eût-il simplement désiré. L'orage grondait dans son crâne. Le rejeton de la famille Radescu eut l'impression d'être soumis à un électrochoc. La foudre frappait sans vergogne à l'intérieur de sa tête.

Dans un dernier sursaut, mû par le seul instinct de conservation, Marvil parvint à tituber jusqu'au milieu de la chaussée au moment même où une voiture de police traversait la place des Abbesses, et le percuta de plein fouet. La flicaille, taraudée par le syndrome de la bavure, se précipita hors du véhicule pour lui porter secours. Andréa en profita pour déguerpir en catimini dans une rue adjacente, s'efforçant de ne pas courir, la main crispée sur le pommeau de sa canne, le souffle court. Son cœur battait la chamade. Il redescendit des hauteurs de la butte Montmartre en direction de la place Blanche, tandis qu'un concert de sirènes commençait à retentir dans tout le quartier. Il sauta dans un taxi en maraude et demanda au chauffeur de rouler au hasard dans Paris après lui avoir tendu la moitié de la liasse de billets qu'il avait extorqués à Steeve Marvil. Un joli pactole. Le gars obtempéra aussitôt, ravi de l'aubaine. Recroquevillé sur la banquette arrière, Andréa peina à retrouver son calme. Claquant des dents, inondé d'une sueur glacée, agité de tremblements convulsifs, le cuir chevelu hérissé, il ressentait une violente douleur au creux de la poitrine. Le taxi entama sa longue course. De Pigalle aux Champs-Élysées, de Bagatelle jusqu'à l'Opéra, le malaise se dissipa peu à peu.

*

Sitôt après avoir quitté Belleville, Athanase avait rejoint le quartier de la Bastille et plus précisément la rue de Lappe, envahie par toute une foule de fêtards et de touristes. Des bateleurs, des cracheurs de feu, des rapins sollicitaient le passant, avec plus ou moins de succès. À quelques mètres de l'entrée du mythique Balajo, il pénétra à l'intérieur de L'Achéron, un club fréquenté par une clientèle assez croquignolesque. Il s'agissait en fait du sous-sol d'un ancien garage. On y accédait après avoir franchi un sas de Plexiglas haute sécurité, à l'entrée duquel veillaient deux reubeus bodybuildés à la carrure de gladiateurs, équipés d'oreillettes ; leurs blousons bombers dissimulaient à peine un tonfa chez l'un, un nunchaku chez son collègue. Le genre de zigotos avec lesquels on ne discute pas. Pour accéder au saint des saints, il fallait leur montrer patte blanche. Sitôt le sas franchi, on dégringolait le long d'un escalier métallique en serpentin aux marches enduites d'un luxuriant tapis de chewing-gums séchés, ou en passe de l'être, de mégots, de crachats. On pénétrait alors dans la salle des festivités. Le décorateur avait calculé au plus juste. Les murs de pierre encroûtés de salpêtre, du plus bel effet, avaient été laissés en l'état. Le sol était recouvert d'une dalle de ciment nu où s'étalaient encore des traces d'huile de vidange. S'y alignaient de grossières tables de bois en forme de couvercles de cercueil, bien évidemment peintes en noir. Un bar de béton incrusté de crânes humains factices, comme ceux que l'on peut trouver aux alentours de Notre-Dame dans les boutiques à touristes, au beau milieu des gargouilles et des statuettes de Quasimodo, se dressait tout au fond de la salle. Quelques tentures de velours d'un mauve délavé, rongées par les mites et couvertes d'une épaisse couche de poussière pendaient du plafond. De puissants baffles se dressaient à chaque extrémité de la salle, deux cents mètres carrés au total, et vibraient à l'unisson, répercutant des hits de heavy métal ou de groupes de hard rock d'inspiration sataniste, Morbid Angel, Death Love et autres Lucifer Incantations, au gré de l'inspiration du DJ, un lascar famélique engoncé dans un justaucorps hypermoulant dont les motifs fluorescents dessinaient la forme d'un squelette. L'acoustique était totalement désastreuse, sans doute à dessein ; la sono branchée à fond aurait affolé le moins prudent des ORL soucieux de la prévention de la surdité chez les adeptes des raves parties. Derrière le bar régnait un agité déguisé en Dracula, au maquillage blafard sous lequel perlaient de profondes rigoles de sueur. Les commissures de ses lèvres étaient ornées de jolies traînées incarnat tracées au marqueur. Agitant inlassablement son shaker pour concocter des bloody-mary, ainsi que des sang-pour-sang, le cocktail maison, une mixture rouge vif aux ingrédients énigmatiques, il était assisté de minettes affublées de robes de satin noir, lacérées au cutter, montant jusqu'au ras des fesses et dévoilant des cuisses gainées de collants déchirés, ravaudés aussi délicatement qu'un filet de chalut. Une sorte d'uniforme maison. Elles effectuaient des allées et venues entre les tables, chaussées de rangers et la tignasse hérissée en épis à l'aide de gel, bleu pour l'une, violet pour l'autre, noir pour la troisième, rien du tout pour la quatrième, totalement rasée. Les piercings étaient de rigueur, en guirlande sur les oreilles, en farandole sur les narines, en corolle sur les paupières, et quand elles daignaient sourire, ce qui était rare, on bénéficiait d'une vue imprenable sur leur langue garnie de billes d'acier. Dans une atmosphère à couper à la tronçonneuse tant elle était enfumée, la clientèle goûtait un moment de détente bien méritée, en lorgnant de vastes écrans à plasma sur lesquels étaient projetés en boucle des clips de Marylin Manson ou des extraits des grands classiques du film d'horreur, avec dégoulinade d'hémoglobine garantie. À tous égards, L'Achéron était un de ces endroits injustement ignorés du grand public et qui gagne à être connu.

Athanase Radescu, le patron de l'établissement, traversa la salle de long en large, salué par les habitués, une faune de jeunes gens gothiques à l'humeur des plus guillerettes, comme il se doit. Sonnés par les décibels, la mine famélique, vêtus à la façon de croque-morts dans le meilleur des cas, déguisés en vampires d'opérette dans le pire, parés de bijoux, de breloques, autant de signes de reconnaissance obéissant à des codes ésotériques abscons qui indiquaient de quelle obédience satanique ou vampirique ils se réclamaient, ils se toisaient les uns les autres, ravis de se retrouver ensemble pour ne surtout pas rire. C'était à qui allongerait la tronche la plus lugubre, à qui arborerait le maquillage le plus glauque, bref, à qui ressemblerait le plus à un défunt à l'abri de son catafalque. Ambiance très fun. Paralysie générale des zygomatiques. Mais les consommations valsaient et les billets de dix, vingt, cinquante, cent euros passaient de main en main, pour affluer vers la caisse. L'Achéron était une affaire juteuse.

Athanase se dirigea tout droit vers son bureau, une pièce soigneusement insonorisée. Dès qu'il en eut refermé la porte capitonnée, le vacarme qui régnait alentour cessa. Il massa ses oreilles endolories et s'affala dans un fauteuil. Cheng, son assistant, un type d'à peine vingt-cinq ans qui n'avait pas encore achevé ses études d'expert-comptable et en attendant se faisait les dents sur les livres de comptes de la boîte, l'accueillit avec un sourire poli. Avec lui, pas de calculette ni de logiciel. Rien d'autre que l'ancestral boulier qu'il manipulait encore plus vite qu'Andréa ses cartes à jouer.

– Ça baigne ? lui demanda Athanase.

Impassible, Cheng acquiesça d'un hochement de tête, sans daigner desserrer les lèvres. Ce n'était pas un expansif. Il vérifiait les colonnes de chiffres qui défilaient sous ses yeux avant de consigner les résultats dans un registre à la couverture cartonnée. Athanase tenait à ce que tout soit réglé au quart de poil. Il s'était fait un sang d'encre au moment de l'achat des locaux, de la signature des contrats d'assurance et, en businessman averti, exigeait une gestion tirée au cordeau. Le barman, les serveuses, les videurs, le DJ, les femmes de ménage, tout le personnel bénéficiait d'un CDI en bonne et due forme, RTT et treizième mois garantis. Les livres de commandes, les feuilles de paie étaient nickel, les gabelous de l'Urssaf pouvaient pointer le bout de leur nez, ils repartiraient bredouilles. Athanase se souvenait fort bien de la visite de l'inspecteur du fisc Couchoron au domicile familial, plus d'un demi-siècle auparavant. L'affaire s'était terminée dans la gaieté et la bonne humeur, sauf pour le principal intéressé, évidemment, mais mieux valait éviter ce genre d'incident, la tranquillité était à ce prix.

Cela dit, Athanase n'éprouvait aucune difficulté à étouffer une partie de la recette, aux trois quarts perçue en liquide. Rasséréné par l'accueil chaleureux que venait de lui réserver Cheng, il feuilleta un des fanzines gothiques auxquels il était abonné, jeta un œil sur les derniers CD de même obédience que les attachés de presse ne manquaient jamais de lui faire parvenir : une bonne promo à L'Achéron, et le single émergcait du lot, promis au succès par le bouche-à-oreille, aussitôt repris par les stations FM et les sites Internet spécialisés dans ce créneau.

Puis il passa en revue la batterie d'écrans de contrôle qui lui permettaient de surveiller tout ce qui se passait dans l'établissement, de l'entrée à la salle, du bar aux vestiaires, des toilettes à la réserve où on livrait la marchandise. Il avait fait installer une multitude de caméras quasi indétectables, du matériel high-tech acheté à Shanghai. Le père de Cheng y travaillait dans la police politique attachée à la surveillance des dissidents, et bénéficiait de bonnes remises. Au passage, Cheng avait perçu sa petite commission, rien que de bien naturel. Un joystick permettait de régler la prise de vue, de balayer le panorama ou d'effectuer des zooms, site par site.

Dans la salle, tout semblait normal. Abrutis par la sono, les clients écarquillaient les yeux, secoués de tremblements et, pour les plus hardis d'entre eux, se risquaient d'une démarche erratique sur la piste de danse, un cercle d'une cinquantaine de mètres carrés à peine, où les corps s'entrechoquaient dans un ballet qui semblait un hommage dédié aux malades atteints de la chorée de Huntington. Des projecteurs les bombardaient de flashs stroboscopiques, figeant leurs gestes par saccades successives, accentuant ainsi la dimension pathologique de leurs trémoussements. Un sifflement strident signalait alors le début de la partie. Tombant du plafond et retenu par une chaînette, un crâne humain en caoutchouc enrobé de vaseline tournoyait au-dessus de la piste. Le DJ se mettait à beugler encore plus qu'à l'ordinaire dans son micro. Et, comme dans les manèges pour enfants, c'était à qui parviendrait à décrocher le trophée, lequel neuf fois sur dix glissait entre les doigts des plus habiles des participants. L'heureux élu gagnait une tournée de cocktails sang-pour-sang pour cinq personnes. Il suffisait de remettre le crâne entre les mains du barman pour se faire délivrer les consommations. C'est dire à quel point l'on s'amusait.

Manipulant son joystick, Athanase surveillait tout ce petit monde avec indulgence. La routine. Cheng, qui avait terminé ses comptes, s'éclipsa après avoir salué le boss. Celui-ci enfouit le registre dans un vénérable coffre-fort en fonte, de marque ukrainienne. Du robuste. Il se méfiait de l'informatique et de ses possibles piratages. À ses yeux, rien ne valait le bon vieux papier.

La nuit s'annonçait tranquille, paisible, insouciante. Un vrai bonheur. Mais soudain le talkie-walkie qui le reliait à son équipe de sécurité se mit à bourdonner. Outre les deux cerbères qui gardaient l'entrée de l'établissement, Athanase, pointilleux, avait chargé d'autres employés de veiller au grain dans la salle et ses annexes. Des sbires au look adapté à la faune locale, totalement aptes à s'y fondre sans se faire repérer. Trois petites frappes bien plus vicieuses que les bédouins finalement débonnaires qui surveillaient le sas du rez-de-chaussée.

– Patron, y semblerait qu'y ait une embrouille dans les chiottes… annonça l'un d'eux. Y a deux tordus qui sont planqués là-dedans depuis vingt minutes, et y z-ont pas l'air très nets !

Athanase actionna son joystick, zooma et se rendit aussitôt compte de la menace. La caméra, incrustée dans le plafond, lui permit de vérifier. Dans une des cinq cabines de toilettes situées au deuxième sous-sol, un couple se livrait à un jeu totalement interdit dans l'enceinte de L'Achéron. L'établissement avait souvent reçu la visite de policiers, intrigués par le folklore qui y régnait. Inévitablement, des rumeurs couraient dans le quartier, auprès des restaurateurs voisins, des tenanciers de boîtes de nuit, voire des riverains, à propos des mœurs étranges des habitués de ce club. Athanase était parvenu à endormir leur méfiance. Et d'une, les vigiles postés au sas évinçaient systématiquement les mineurs, et de deux, il se faisait fort de mettre au pas les tarés qui auraient pu choisir l'endroit, étourdis par l'ambiance singulière, pour déraper. Sang-pour-sang, OK, mais ça devait rester une simple accroche publicitaire, un jeu de mots sans conséquences. Sinon gare.

Athanase jaillit hors de son bureau, bouscula les zombies agglutinés sur la piste de danse et dévala l'escalier qui menait aux toilettes. L'équipe de sécurité l'y attendait, les bras ballants.

– Vingt minutes, bordel, vingt minutes ! Je peux savoir pourquoi vous avez autant attendu ? demanda le patron d'une voix sifflante.

Les gars bredouillèrent de vagues explications, d'un ton vaseux. Athanase prit son élan et fracassa la porte de la cabine de toilettes d'un violent coup de talon. Un couple y était affalé, tous les deux vautrés de part et d'autre de la cuvette. Un homme, une femme, dans la trentaine. Sur la piste de danse, à l'étage supérieur, ils seraient passés totalement inaperçus, accoutrés à l'unisson des habitués du lieu. Une seringue était enfoncée dans la saignée du coude de la fille. Des filets de sang perlaient aux lèvres de son compagnon. Le piston de la seringue était empli d'une belle giclée rouge vif.

– Elle... elle est consentante ! gémit le type, tétanisé par l'irruption d'Athanase dans le réduit. Pas vrai, Noémie ?

– Oui... oui... on communie, c'est tout, on fait rien de mal ! confirma sa compagne.

– Je fais que boire sa liqueur, rien de mal à ça si elle est d'accord, non ? renchérit l'autre.

– Ben voyons ! Vos conneries, vous allez les faire ailleurs, mais surtout pas chez moi ! Surtout pas chez moi ! hurla Athanase.

Il arracha la seringue, la piétina et empoigna le type pour le soulever du sol. Il y parvint sans effort aucun, l'extirpa du cabinet de toilette, lui cogna la nuque sur les murs voisins et le tabassa méthodiquement. Puis il saisit la fille par les cheveux, la traîna sur le sol jusqu'aux urinoirs et lui asséna quelques paires de claques, à la volée.

– Dégagez-moi ces épaves ! ordonna-t-il.

Les membres de l'équipe sécurité, penauds de n'avoir pas réagi en temps voulu, obéirent aussitôt. Le couple fut éjecté de l'établissement et aboutit cul par-dessus tête rue de Lappe, dans un état pitoyable.

Dans les toilettes, Athanase reprenait son souffle. La petite flaque de sang provoquée par le bris de la seringue s'étalait sur le carrelage. Athanase huma cette odeur à nulle autre pareille, sentit son cœur s'emballer, mais parvint à se maîtriser. Sa longue expérience lui avait appris à dominer ses pulsions, bien plus que son frère Andréa, encore très immature. Il ouvrit un placard, déboucha un flacon de Monsieur Propre et en aspergea la tache. Après quoi il regagna son bureau.

La fête continuait de battre son plein, mais en sourdine. Il le vérifia sur les écrans de contrôle. Quatre heures. La nuit s'épuisait. Les derniers clients, fatigués, commençaient à quitter les lieux. C'en était fini du jeu de la tête de mort qu'il fallait arracher au beau milieu de la piste de danse. Athanase consulta un petit agenda qui ne quittait jamais la poche intérieure de sa redingote. Les semaines y étaient méthodiquement répertoriées à l'aide de tracés au Stabilo. Un repérage savant, rouge, vert, bleu, orange, dont il était bien le seul à pouvoir décrypter la signification. D'après ses calculs, c'était le tour de Sophie, une des serveuses qui s'éreintaient à satisfaire la clientèle. Sophie ? Oui, oui, oui... Celle au crâne totalement rasé. A priori farouche, rebelle, mais finalement bien gentille. À deux jours près, il ne pouvait pas se tromper. La semaine précédente, c'était Ariane. Elle était formidable de régularité, Ariane, avec elle, ça tombait toujours juste, quatre jours d'abondance, son horloge biologique fonctionnait à merveille. Il jeta un nouveau coup d'œil aux écrans de contrôle. Sophie, penchée en avant, passait l'éponge sur les tables. Athanase lorgna sa croupe charnue, ses cuisses musclées. Un très joli spectacle, mais, à cet instant, ce n'était pas ce qui intéressait le plus le patron de L'Achéron...

*

Dans la salle, les filles s'activaient. Il fallait ramasser les verres, vider les cendriers, nettoyer le comptoir.

– Cette semaine, c'est ton tour, ou je me trompe ? demanda Ariane, un tampon-jex à la main. Il calcule pile-poil, avec son petit carnet ! Hein, je me goure pas, tu les as ?

Sophie acquiesça d'un mouvement de tête, accablée.

– Depuis hier... confirma-t-elle avec une grimace écœurée.

– C'est pas la galère, non plus, tempéra Ariane, il est vraiment pas méchant, mais faut croire qu'y a des types comme ça ! Des vicelards, des vrais barges ! On y peut rien. Il paie cash, alors pourquoi on ferait les mijaurées, style ça nous choque, n'importe quoi, avec tous les tarés qu'on voit débarquer ici tous les soirs, hein ?

– Ouais, pourquoi pas ? acquiesça Sophie. Mais si mon mec savait ça...

– Ton mec, il glandouille au RMI depuis deux ans et il est pas foutu de se remuer le cul pour se dégotter ne serait-ce qu'un boulot de magasinier ou de pompiste, total c'est toi qui ramènes la thune à la maison, alors mille euros qui te tombent dans la poche, au black, tous les mois, plus ton salaire, qu'est-ce que tu vas te prendre la tête ? Non, mais je rêve !

– Ouais... t'as raison, on a un bon job, ici ! concéda Sophie. Le reste, autant faire avec !

– Sophie, dans mon bureau !

La voix d'Athanase, répercutée par la sono, venait de retentir dans la salle désormais déserte. Les filles le savaient, à cette heure de la nuit, il ne fallait pas faire lanterner le patron. Sophie obtempéra.

Athanase l'attendait, calé dans son fauteuil. Il l'invita à s'asseoir face à lui.

– Si mes calculs sont exacts, chère Sophie, et ils le sont toujours, annonça-t-il en tapotant son carnet du bout des doigts, tu... tu es ce soir dans de bonnes dispositions... Je me trompe ?

– Non, monsieur !

– Parfait ! Eh bien, allons-y !

Sophie retroussa sa robe, déroula son collant, se déhancha pour baisser sa culotte, extirpa son Tampax des profondeurs de son sexe, le projeta dans une corbeille à papier, puis s'allongea à plat dos sur le bureau, ouverte, docile, résignée. Athanase s'agenouilla face à elle, plaqua sa bouche sur sa vulve et aspira goulûment le miel qui y suintait. Sa langue fureta dans la toison, s'insinua dans la fente, y effectua des va-et-vient rapides qui, bien malgré elle, transportèrent la jeune femme en pâmoison. Écartelée, les mains crispées sur le plateau du bureau, Sophie s'efforçait de penser à autre chose, au hasard la semaine de vacances qu'elle projetait à Mykonos, avec Nouvelles Frontières. Un sacrifice financier impensable pour un budget aussi maigre que le sien, avec son feignant de mec qui se la coulait douce à jouer à la Wii dans leur studio d'Argenville-lès-Gonesse, 640 euros sans les charges, mine de rien. Ariane avait mille fois raison, il fallait bien le reconnaître, le bonus que lui octroyait Athanase permettait d'améliorer l'ordinaire…

*

Une demi-heure plus tard, Athanase se retrouva seul dans son bureau. Rassasié. De ses quatre protégées, en dépit de la faiblesse de son débit, Sophie était celle qu'il appréciait le plus. Une simple question de goût… Avec Ariane, c'était l'abondance garantie à date fixe, certes, un flot quasi intarissable, mais bien fade en bouche. Quantité ne rime pas forcément avec qualité. À tout bien considérer, mieux vaut un cru économe, gorgé de saveurs, riche en arômes, qu'une piquette généreuse mais qui au final râpe le gosier et lasse les papilles du connaisseur. Quoi qu'il en soit, Ariane et Sophie étaient deux bonnes petites. Travailleuses. Assidues. Fiables. Roxane et Sidonie, ses deux autres serveuses, lui causaient bien du tracas. Roxane était totalement irrégulière. Malgré les calculs méthodiques, irréfutables auxquels se livrait le patron de L'Achéron, elle était souvent sèche, aussi aride qu'un oued brûlé par le soleil du désert. Elle minaudait, lui proposait d'honorer son autre orifice, savoureux lui aussi, mais qu'Athanase dédaignait. Elle n'avait rien compris, cette pauvre sotte. Il fallait parlementer, marchander, s'épuiser en palabres. De guerre lasse, Roxane à la fin cédait, s'offrant avec parcimonie, mégotant un jour après l'autre, avançant des élucubrations gynécologiques qui ne tenaient tout simplement pas la route. Le plus rageant, c'est qu'elle finissait toujours par abandonner quelques précieuses gouttes, d'une saveur rare, exquise, qui donnaient le vertige à Athanase… Quant à Sidonie, c'était l'inverse, elle s'abandonnait sans réserve, les cuisses repliées contre son torse, mais son jus abondant occasionnait carrément des brûlures d'estomac. Sincèrement, dans un cas comme dans l'autre, il y avait de quoi regretter sa mise…

*

Athanase rejoignit le cabinet de toilette attenant au bureau, puis contempla son visage dans le miroir.

– Tu vieillis, ça t'a pris beaucoup, beaucoup de temps, mais tu vieillis... murmura-t-il pour lui-même.

Il n'y avait nulle amertume dans ce propos, simplement l'évidence d'une constatation. Il approcha son visage tout près du miroir, et retroussa sa lèvre supérieure dans une grimace crispée. Mécontent du résultat, il crocheta ses deux index à l'intérieur de ses joues et tira vers le haut, dévoilant ainsi toute sa denture bien plus largement que la simple contraction de ses muscles péribuccaux ne le permettait. Non, décidément, il n'y avait aucun doute. Son père, Petre Radescu, l'avait bien prévenu : il avait atteint l'âge fatidique.

Un jour ou l'autre, plus ou moins tardivement, l'adolescent lambda, ébahi, ne peut que constater que son pubis se couvre de poils, que sa voix mue et que son sexe se dresse impétueusement. C'est alors la source de bouleversements comportementaux qui font la fortune des psys de toutes obédiences et plongent les familles dans le désarroi. Toutes proportions gardées, dans le cas des Radescu et de leurs semblables, il s'agissait d'un processus similaire. Sa sœur aînée Irina lui avait déjà montré où elle en était elle-même arrivée en ouvrant tout grand sa bouche, sans pudeur aucune. Athanase en avait été impressionné. La progression était inexorable. Rigoureusement symétrique. À droite, à gauche. C'était manifeste. En ce qui concernait la génération suivante, Andréa et Doina, il n'y avait encore rien de tangible, ils étaient bien trop jeunes, l'un comme l'autre, mais un jour, dans un futur encore lointain, leur tour viendrait.

Athanase détourna son regard du miroir et s'aspergea le visage d'un filet d'eau glacée. Puis il quitta son bureau pour arpenter la salle déserte de L'Achéron. Le décorum, aussi pitoyable que malsain, lui inspira un sourire empreint de cynisme autant que de mélancolie.

— Et alors, merde, qu'est-ce que j'y peux ? s'écria-t-il d'une voix forte.

Personne n'était là pour lui répondre. Il se dirigea vers la sortie. Au rez-de-chaussée, ses deux vigiles mâchonnaient un sandwich garanti hallal et n'attendaient que son signal pour boucler toutes les issues de L'Achéron. Athanase remonta la rue de Lappe, obliqua à gauche dans celle de la Roquette et aboutit place de la Bastille. Il faisait encore nuit noire, mais déjà le ciel plombé de nuages menaçait de se fendiller pour laisser poindre un timide rayon de soleil.

*

Doina Radescu passait toutes ses nuits dans un loft de deux cents mètres carrés situé tout en haut d'une tour de trente étages dominant le boulevard périphérique, près de la porte de Montreuil. Un petit bijou qui avait coûté une fortune à son père... La baie vitrée, longue de plus de vingt mètres, lui offrait une vue panoramique sur le sud de la région parisienne, ses cités HLM aussi bien que ses zones pavillonnaires. Mais sitôt qu'elle avait gagné ce refuge, le regard de Doina restait perpétuellement rivé sur le ciel. Elle en scrutait la moindre émanation de lumière, les couchers de soleil, les feux de position des avions qui traversaient le firmament, les quelques étoiles filantes qui parvenaient à y scintiller malgré la pollution, la robe onctueuse de la Voie lactée quand par miracle une tempête avait fugacement balayé la chape de nuages qui la dissimulait. La lune, évidemment, dans sa course perpétuelle, inlassable. Les soirs où elle était pleine, Doina se sentait en verve.

Le loft était totalement vide, à l'exception de quelques étagères de bois brut qui abritaient des tubes de couleurs, des flacons de térébenthine, des chiffons, des pots emplis de pinceaux, de brosses. Les chevalets étaient dressés face aux baies vitrées et soumis à la lumière crue que déversaient de puissantes rampes de spots halogènes, disposés en bouquets aux quatre coins de l'espace ou vissés dans le plafond en rangs compacts. Il avait fallu solliciter une installation spéciale – le courant triphasé avec des câbles d'alimentation adéquats et un compteur ordinairement réservé à des locaux industriels – pour obtenir un tel résultat. Le dispositif était si inhabituel qu'un an auparavant le commercial de l'agence EDF s'était déplacé pour rencontrer sa curieuse cliente. Un caprice de petite fille riche, qui au prix du kilowatt/heure devait sévèrement grever le budget de ses parents alors que, durant toute la journée, le loft orienté plein sud était inondé de soleil. Il avait été proprement vampé par son regard et durant toute sa visite n'avait pu détacher ses yeux de la blouse qu'elle portait. C'était une nuit d'été, caniculaire, étouffante. Nue, la peau poisseuse de transpiration sous les quelques grammes de coton qui recouvraient son buste et ses cuisses, Doina avait mis un certain temps à comprendre pourquoi le type s'épuisait à se déplacer ainsi dans la pièce pour l'observer comme à contre-jour, avec un sourire égrillard, prétextant de vérifier les branchements, un à un, histoire de prouver qu'il prenait l'affaire à cœur et qu'on avait beau râler contre le je-m'en-foutisme des fonctionnaires, les gars d'EDF étaient irréprochables, tenaillés par une conscience professionnelle à toute épreuve.

Les voitures des habitués qui filaient sur le périphérique durant la nuit avaient depuis bien longtemps repéré cette fontaine insolente qui jetait tous ses feux dans cette portion de ciel embrumé par le dioxyde de soufre, l'excès d'ozone, les gaz d'échappement et les fumées des incinérateurs.

Doina dressait donc ses toiles au centre de la pièce, sur de solides chevalets, et juchée sur un tabouret rotatif ne cessait de scruter ce ciel nappé de ténèbres pour y guetter la moindre lueur propre à nourrir son inspiration. Les baies vitrées restaient toujours grandes ouvertes ; c'était là le prix à payer pour emplir ses rétines de la plus ténue des parcelles de clarté qui pouvait surgir au loin... L'été, elle ne portait qu'une blouse, voire de simples sous-vêtements pour travailler à son aise. L'hiver, quand il gelait, elle s'emmitouflait dans de gros chandails, enfilait d'épaisses chaussettes de ski et maniait ses pinceaux les mains protégées par des mitaines, une bouilloire à thé en perpétuelle ébullition posée en équilibre instable sur un des cartons de couleurs qu'elle achetait en gros dans un magasin spécialisé. Le meilleur des systèmes de chauffage n'aurait pu vaincre la bise glacée. Quand il pleuvait, qu'une météo perverse s'ingéniait à aggraver ainsi la pénombre, Doina restait des heures, prostrée, les yeux inondés de larmes, à attendre l'accalmie.

Ses toiles, pour la plupart de très grandes dimensions, étaient ainsi marquées du sceau d'une profonde étrangeté. Elle utilisait des couleurs classiques, mais surtout fluorescentes. Les lubies d'artistes sont multiples, insondables, aussi bien chez les plasticiens que chez les poètes, aussi fantasques chez les musiciens qu'incongrues chez les romanciers. Et en dépit du caractère assez paradoxal de ce qui semblait constituer sa démarche – capter des résidus de lumière, des fragments de brillance dans la plus opaque des obscurités –, elle avait fini par attirer l'attention de quelques critiques. Certaines de ses toiles rappelaient les créatures mystérieuses qui peuplent les grands fonds des océans, privées du moindre rayon de soleil, mais qui ont acquis la faculté, à la suite de plusieurs millénaires d'évolution, de créer leurs propres signaux lumineux à l'aide de processus biologiques d'une complexité inouïe. Des signaux d'appel sexuel, pour repérer un partenaire éventuel, et d'autres pour au contraire effrayer un prédateur. L'impression ressentie devant ces toiles troublait le visiteur, soudain happé par cet univers inconnu, d'une force indéniable, lourde de menaces. La peur de passer de *l'autre côté*, comme le malheureux personnage de Cortazar, devenu lui-même axolotl à force d'avoir scruté la vitre de l'aquarium, hypnotisé par le regard de la créature qui y était captive.

Et cela n'avait pas été sans succès. Doina Radescu ? On lui avait tout d'abord consacré des articles dans certaines revues confidentielles, puis un début de consécration était venu, avec un dossier dans l'austère revue *Artpress*, et plus encore une quadruple page dans *Beaux Arts Magazine*, plus mondain ! On y saluait l'originalité de sa production, en termes élogieux. Une production qui avait évolué, multiforme, tantôt figurative, tantôt abstraite. Tantôt des personnages, ou plus exactement des formes anatomiques sans contours réalistes, de pauvres gnomes englués dans des amas cotonneux et cherchant à s'en extirper au prix d'une lutte âpre et douloureuse, tantôt de simples jeux d'ombres et de lumières, tout aussi inquiétants, évoquant une bataille entre des forces telluriques, aussi indéfinies que maléfiques. Il n'y avait aucune sophistication dans ces mises en contraste, et c'était bien le plus troublant. Tout y était simple, limpide, lisible. Une sensation de malaise irrépressible s'emparait de celui qui contemplait ces images, comme si elles réveillaient des terreurs enfouies au plus profond de l'inconscient collectif ou, dans une version plus rationaliste, dans les abîmes du cerveau reptilien. Sans effet appuyé, simplement par la force intrinsèque de leur sincérité. Lorsque Goya avait livré ses œuvres les plus noires, les plus tourmentées, les plus effrayantes, il avait déjà atteint l'âge de la maturité et il était assez étonnant de voir une très jeune femme, à peine sortie de l'adolescence, affirmer un talent aussi sûr. Dans le petit milieu des galeristes, le nom de Doina Radescu commençait à circuler comme une valeur sur laquelle il convenait d'investir.

Cette nuit qui suivit le conseil de famille chez les Radescu, Doina passa plusieurs heures à sélectionner, parmi les centaines de toiles dont elle disposait, une dizaine d'entre elles à peine. Elle effectua un premier tri, tout d'abord satisfaite, puis recommença, inlassablement, écartant un tableau, en reprenant un autre, et ainsi de suite, ne parvenant à se décider. Il le fallut bien, pourtant. Alors que l'aube pointait, elle avait achevé son choix. Une petite quinzaine de toiles, seulement, comme prévu, selon la commande. Soigneusement empaquetées dans des couches de carton bulle. Elle enroba le tout à l'aide de ruban adhésif puis rédigea une lettre pour le coursier qui viendrait en prendre livraison le lendemain après-midi ; le gardien de la tour détenait un double des clefs du loft. Sa première vraie exposition ! Dans une galerie parisienne des plus huppées : Guillaume de Virlongue, avenue Montaigne. Le saint des saints !

Il était déjà très tard, ou plutôt déjà très tôt. Doina cligna des yeux en levant les yeux vers le ciel. L'aube se levait. En raison de son très jeune âge, elle n'était pas encore aussi fragile que ses parents, ou qu'Athanase et Irina. Il ne fallait malgré tout pas trop tarder. Comme chaque matin, un taxi l'attendait en bas de la tour.

*

L'autopsie du cadavre découvert empalé dans l'entrepôt de Vaudricourt-lès-Essarts dura jusqu'à quatre heures du matin. Irina Radescu n'avait pas épargné sa peine pour seconder le docteur Pluvinage dans ses investigations. Et même plus… De fait, au fil des heures qui s'écoulaient, c'était elle qui avait pris la direction des opérations, sans brusquerie aucune, imposant simplement son autorité par un savoir-faire hors du commun. Pluvinage et les autres présents la regardaient agir, respectueux, ne pouvant que saluer sa dextérité. Entre ses doigts, le scalpel se frayait un chemin d'organe en organe, d'un tissu à l'autre, tranchant ici, bifurquant là, avec une unique obsession : suivre au plus près le chemin du pal, en restituer le trajet exact, en tirer toutes les leçons. Dans sa manière de procéder, il n'y avait aucune improvisation, pas la moindre approximation, tout se passait comme si elle savait exactement, par la plus extraordinaire des intuitions, comment l'horrible instrument de torture avait tracé sa route en perforant les viscères, pour contourner le cœur, épargnant en partie un poumon et venir in fine achever sa course dans la région axillaire, affleurant sous la peau, selon le diagnostic de Pluvinage. Irina Radescu déposait une à une les pièces anatomiques dans les récipients que lui tendait celui-ci. Elles étaient alors pesées, disséquées, pour être soumises à d'ultérieurs examens anatomo-pathologiques approfondis. Il faudrait quelques jours pour tirer toutes les conclusions et remettre un rapport circonstancié au substitut Valjean.

Le cadavre, délesté de la plupart de ses attributs, comme soumis à une cure d'amaigrissement radicale, fut enveloppé dans une housse et expédié vers un tiroir réfrigéré. Pour l'instant, l'homme restait anonyme, mais ses proches, alertés par sa disparition, ne tarderaient pas à se manifester. Du moins pouvait-on l'espérer. Ce serait alors le début d'une autre aventure, strictement policière. Quelle sorte de monstre le supplicié avait-il offensé pour qu'il décide de se venger en lui faisant endurer un tel calvaire ? Ou bien, plus probablement avait-il croisé la route d'un psychopathe qui l'avait choisi au hasard, pour assouvir ses fantasmes ? La récente chronique des faits divers regorgeait des exploits de ce type d'assassins au parcours hors normes, des Émile Louis, des Francis Heaulme, des Fourniret, qui avaient échappé aux enquêteurs des années durant, en ayant pourtant parsemé leur route d'une longue traînée de victimes.

Après plus de trois décennies d'une carrière consacrée à l'art baroque de la médecine légale, Pluvinage savait à quoi s'en tenir. A priori, plus rien ne pouvait l'étonner. Toutefois le rituel de l'empalement, exécuté avec une maestria sidérante, ce qu'avait confirmé Irina Radescu, titillait sa curiosité. Vlad Tepes... Razvan, le SDF roumain, ne s'y était pas trompé. La référence – ou plutôt la citation – était évidente. Fatigué, Pluvinage haussa les épaules. L'heure n'était plus aux hypothèses, mais au repos, et tout d'abord aux agapes. Après cette nuit de labeur, il invita les présents à une petite collation dans un bureau voisin de la salle de dissection. Il lui avait fallu improviser, mais le traiteur auquel il avait fait appel en urgence s'était montré à la hauteur. Quelques bouteilles de champagne et de jus de fruits, des pains-surprises, des plateaux de petits-fours aussi bien salés que sucrés, un assortiment de chocolats avaient été livrés en plein milieu de la nuit. Pluvinage n'avait pas lésiné sur la dépense, et ce, sur ses propres deniers. L'époque était aux restrictions budgétaires, aux économies tous azimuts. Les confrères qui soignaient les cancéreux, les myopathes, les sidéens, les enfants atteints de mucoviscidose ne cessaient de crier famine, alors les légistes... Dans un de ses poèmes satiriques, Pluvinage avait rédigé un plaidoyer en faveur d'un « Cadavrethon », un pastiche du grand happening compassionnel auquel se livrait chaque année la chaîne de télévision publique.

> *Nous, les humbles qui tranchons les chairs mortes au scalpel,*
> *Et sans cesse tendons notre pauvre escarcelle,*
> *Quand la manne des puissants nous récompensera-t-elle,*
> *De sa corne d'abondance, nous donnera des ailes ?*

Etc. Des rimes calamiteuses, qui ne faisaient rire que lui-même, et encore, pas toujours...

Les confrères se pressèrent autour du buffet, échangeant des commentaires savants sur le déroulement de la séance d'autopsie à laquelle ils venaient d'assister, et ne tarirent pas d'éloges envers Irina, qui se goinfrait sans vergogne de toutes les victuailles disposées sur la table. Peu à peu, les participants vinrent saluer Pluvinage en le remerciant de les avoir conviés à cette mémorable dissection, avant de s'éclipser l'un après l'autre. Les mondanités étaient terminées. Le buffet était vide, mais la dernière bouteille de Dom Pérignon encore à moitié pleine. Pluvinage emplit deux coupes, saisit la main d'Irina Radescu et y déposa un baiser.

– Vous avez été merveilleuse... susurra-t-il. Comme toujours... Vous vous souvenez, la dernière fois ?

– Au mois de mars ? La noyée du canal de l'Ourcq ? acquiesça Irina, attendrie.

Un joli souvenir, en effet. Une sale histoire de bondage qui avait viré à la catastrophe. Au bout de trois semaines de séjour dans les eaux boueuses, le corps putréfié, celui d'une adolescente japonaise, ressemblait à un Bibendum Michelin, ligoté au plus serré, boursouflé de toutes parts, prêt à éclater. Et effectivement, quand Irina eut tranché les liens, ce fut un vrai feu d'artifice. Pluvinage avait été éclaboussé de lambeaux de peau des pieds à la tête.

– Et la gangrène gazeuse, ce type, dans la forêt de Rambouillet ? Ça puait, ça puait horriblement...

vous n'avez pas oublié ? renchérit Irina en vidant sa coupe, cul sec.

– L'homme sans tête ? Si je me souviens ! On n'a jamais pu établir son identité...

– Et le bébé de la porte de Vanves ?

– Celui que sa mère avait émasculé à l'aide d'un couteau électrique ? Quelle histoire épouvantable ! soupira Pluvinage.

Ils auraient pu égrener bien d'autres souvenirs. Des années de connivence, de complicité...

– Irina... balbutia soudain Pluvinage, le souffle court et le feu aux joues.

Il ne lui avait pas lâché la main et s'était encore rapproché d'elle. Brusquement, il l'enlaça, plaquant son corps contre le sien, tandis que ses mains couraient sur ses épaules, sa poitrine, ses reins. Leurs bouches se rejoignirent. Mais la langue de Pluvinage se heurta aux lèvres crispées de sa consœur, qui refusait son baiser. Il insista, en vain.

– Irina ? Vous m'avez toujours rendu fou et vous le savez bien ! balbutia-t-il dans un murmure à peine audible.

Ses traits exprimaient une souffrance sincère. Affolé par le désir, il étreignit Irina avec plus de vigueur encore. Elle lui caressa alors la nuque, plaqua sa main contre son sexe, le pétrit tendrement à travers le tissu de son pantalon, puis lui tourna le dos pour s'appuyer contre un classeur. Dans une attitude qui ne souffrait pas la moindre équivoque, Irina se cambra pour offrir sa croupe, cuisses écartées. De ses mains tremblantes, Pluvinage retroussa la robe, plongea dans les dessous de sa maîtresse, la dénuda, puis se trémoussa pour déboutonner sa braguette, avant de s'agripper aux hanches grasses, enrobées de cellulite et striées de vergetures. Ses ongles s'enfoncèrent dans la peau granuleuse, en pelure d'orange, ses doigts éperdus saisirent les os iliaques, pour s'y cramponner tels ceux d'un capitaine à la barre d'une goélette affrontant un typhon. La chair tant désirée, luisante de transpiration, glissait sous ses paumes, comme pour se refuser, alors qu'au contraire Irina gémissait, suppliait, trépignait, dégoulinante de mouillure. Pluvinage s'agenouilla pour humer sa vulve et en eut le vertige. L'étal d'un mareyeur sur la criée de Fécamp, un jour de marée d'équinoxe… L'appel du grand large, impétueux, irrésistible. Obstiné, persévérant, son grand hunier cargué à bloc, Pluvinage se redressa et franchit enfin le cap Horn. Ce fut une étreinte fougueuse, un maelström de coups de boutoir aussi enragés que frénétiques. Soudain, la semelle des chaussures d'Irina dérapa sur le sol humide. Elle dut lâcher le classeur contre lequel elle avait trouvé appui, tomba à genoux, se raccrocha du mieux qu'elle put à un bec Bunsen de la main gauche, au socle d'une paillasse de la droite, et se livra à quelques ondulations du bassin qui aspirèrent son partenaire et le vidèrent de toute sa substance. Pluvinage se retira, exténué, tandis qu'Irina, sonnée, demeurait inerte, à croupetons, offrant encore le spectacle de son sillon velu, où ruisselait un copieux filet de sperme. Pluvinage rajusta son nœud papillon en toussotant. Irina l'imita puis saisit derechef la bouteille de Dom Pérignon d'une poigne ferme.

Il en restait un fond qu'ils partagèrent, les yeux dans les yeux, bras entrelacés, chacun tendant sa coupe aux lèvres de l'autre.

Inquiète, elle lança un regard vers le ciel, au travers des vitres sales du bureau. Le jour n'allait pas tarder à se lever.

– J'appelle un taxi et je vous raccompagne, décréta-t-il.

Elle fit mine de protester, mais c'était inutile.

*

Au cours du trajet, Irina s'enquit des projets éditoriaux de son amant. Depuis des années et des années, Pluvinage archivait ses poèmes, à la manière de son maître Gottfried Benn. Chacune des autopsies à laquelle il se livrait lui fournissait matière à inspiration. Sonnets, quatrains, tercets, vers libres, il passait des nuits entières à noircir le papier. Il avait adressé ses manuscrits à tous les éditeurs de la place de Paris, en vain. Personne n'avait voulu le publier. Il souffrait atrocement de ce manque de reconnaissance. Une blessure intime qu'aucun baume ne parvenait à apaiser.

> *Die ärmsten Frauen von Berlin*
> *– dreizehn Kinder in anderthalb Zimmern,*
> *Huren, Gefangene, Ausgestossene –*
> *Krümmen hier ihren Leib und wimmern...*
>
> *Es wird nirgends so viel geschrien*
> *Es wird nirgends Schmerzen und Leid*

So ganz und gar nicht wie hier beachtet,
Weil hier eben immer was schreit...

Irina avait murmuré ces vers à son oreille. *Auf deutsch.* Avec un accent des plus purs, sans trébucher sur la moindre syllabe. Elle maîtrisait cette langue, et bien d'autres encore.

Les femmes les plus pauvres de Berlin,
Treize enfants dans une chambre et demie,
Prisonnières, réprouvées, putains,
Recroquevillent ici leurs corps et crient

On gémit ici, comme nulle part ailleurs,
Nulle part ailleurs le mal, la douleur
Ne sont si peu considérés qu'ici,
Car ici justement toujours quelque chose crie...

D'une voix presque inaudible, brisée par l'émotion, Pluvinage avait répété le poème avant d'en déclamer un autre, du même Gottfried Benn.

Gib mich noch nicht zurück !
Ich bin so hingesunken
An dich. Und bin so trunken
Von dir. O Glück !

Des mots d'amour si tendres.

Ne me lâche pas encore
J'ai tellement sombré
En toi. Et suis si enivré
De toi. Oh bonheur !

La main d'Irina étreignait la sienne. Elle l'enlaça, le cajola, comme elle l'eût fait avec un enfant. Depuis des années, ils avaient noué une relation étrange, où la lubricité tenait certes la première place, mais sans pour autant éclipser la tendresse. Deux ou trois nuits par an, jamais plus. Mais quelles nuits ! Pluvinage avait à maintes reprises tenté de la convaincre de lui accorder des rendez-vous plus fréquents. Elle avait toujours refusé. Par contre, quand il lui téléphonait pour la convoquer inopinément à une séance d'autopsie, elle répondait immanquablement à son appel et, sitôt le travail achevé, s'abandonnait à l'étreinte sans réserve aucune, avide de ses caresses. Pluvinage, bien que nourri de culture classique, n'était guère versé dans les subtilités de l'amour courtois. Peu à peu, pourtant, il avait fini par admettre que cette maîtresse hors pair, avare de ses charmes mais si fougueuse au moment crucial, avait besoin de circonstances particulières pour céder à son désir, et que le fait de découper ensemble un cadavre en rondelles était une sorte de préliminaire encore jamais décrit dans les manuels spécialisés. Ou si peu. Les sexologues sont des gens paresseux. Sous le sceau du secret professionnel, Pluvinage s'était confié à un ami psychiatre qui avait tout d'abord froncé les sourcils d'une mine réprobatrice avant de prendre des notes, totalement captivé. Ce que décrivait Pluvinage allait bien au-delà de pratiques plus traditionnelles, pour ne citer que la voluptueuse feuille de rose ou, dans un registre infiniment plus rustique, le *fist fucking*.

Tout cela ouvrait bien des perspectives sur les profondeurs de l'âme humaine...

Le taxi avait achevé sa course jusqu'à Belleville et s'était garé devant la station de métro Pyrénées. Irina s'extirpa de la banquette et attendit que la voiture se fût éloignée pour regagner le porche qui menait à la demeure familiale. Pluvinage savait qu'Irina, célibataire, vivait avec ses vieux parents, dont elle disait s'occuper, mais sa curiosité s'était toujours heurtée au refus de la dulcinée de les lui présenter. Dépité mais les sens apaisés, Pluvinage s'en fut rejoindre sa solitude.

Irina traversa les courettes, une à une. Le bouif Alexandre roupillait à poings fermés, Arsène, ce n'était même pas la peine d'en parler, Ramon, idem, mais Madame Lola semblait plutôt en verve, alors que l'aube commençait à poindre.

– *Ah oui chéri, rejoue-moi-z-en, de la trompette, de la trompette, de la trompette...* hurlait-elle de sa voix de crécelle.

Comme il lui arrivait fréquemment, Marcel Truchot, infatigable déconneur, avait rameuté quelques fêtards de sa tournée chez Madame Arthur, entraînant ses invités dans une danse des canards où chacun tenait les hanches de son prédécesseur et le pinçait pour le faire glousser, auquel cas celui-ci écopait d'un gage salace, comme dans une partie de strip-poker. De quoi se tordre. Avant qu'ils n'aient éclusé la dernière des bouteilles de Cinzano, de Bartisol, de Fernet-Branca – autant de breuvages au nom étrange –, la fête menaçait de s'éterniser... En cas de panne sèche, il fallait se rabattre sur les Picon-Bière que Mouloud, le loufiat du rade voisin, situé au coin de la rue Rebeval, livrait sur un plateau après un simple coup de téléphone. Des Picon-Bière ! C'était une autre de ces curiosités aussi typiquement gauloises qu'anachroniques que ledit Mouloud avait découvertes sitôt débarqué à Belleville depuis Sidi Bel-Abbès, sa ville natale. Il ne se faisait pas prier, mais, à son avis, pour finir une bonne soirée de biture, rien ne valait la boukha. Un breuvage qui assommait direct dès le cinquième verre, mais sans risque de gueule de bois. Chaque fois qu'il effectuait sa livraison chez Madame Lola, celle-ci ne manquait jamais de l'inviter à s'asseoir à côté d'elle en roucoulant des mots doux. Elle le surnommait son petit loukoum et se promettait de happer son zigouigoui entre ses lèvres jusqu'à lui faire oublier le goût des sucettes Pierrot-Gourmand. Encore une de ces marques surannées… Mouloud, du haut de ses dix-huit ans, ne connaissait que les bonbons Haribo et s'enfuyait sans même empocher son pourboire, épouvanté par les plaisirs interdits que la créature lui faisait ainsi miroiter. Le genre de truc *haram* à donf', proscrit par l'imam, la vérité !

*

Irina pénétra dans la *folie* et, exténuée, se laissa tomber dans un des fauteuils du salon. Le plaisir que lui avait procuré Pluvinage ne parvenait pas à apaiser son angoisse. Le projet de son père Petre Radescu l'inquiétait au plus haut point. Athanase,

Doina, Andréa étaient déjà rentrés au bercail et dormaient, chacun dans leur chambre. Près du Steinway reposaient en désordre des pages noircies de notes de solfège, celles que leur mère Martha griffonnait nuit après nuit pour composer tantôt une sonate, tantôt une passacaille, tantôt une pavane… Une de plus, parmi des centaines, depuis tant d'années. Une de plus que Martha déchirerait, dans un de ces accès de rage dont elle était coutumière, avant de succomber à un abattement qui pouvait s'éterniser de longues semaines durant lesquelles elle ne quittait plus sa chambre, s'y tenant recluse, interdisant à son époux de l'y rejoindre. Petre Radescu errait alors dans son bureau, en proie au désespoir, attendant des nuits meilleures, tout en sachant que ces périodes de profonde dépression se succédaient à un rythme de plus en plus rapide. Au plus fort de ces crises, Martha parlait de se trancher les veines, un geste sacrilège chez les Radescu et leurs semblables.

Irina ramassa les feuilles éparses et les rangea précautionneusement sur le pupitre qui jouxtait le clavier. Elle sourit avec tristesse. Qui la jouerait, cette sonate, qui pourrait l'entendre, dans quelle salle de concert prestigieuse un public admiratif acclamerait-il Martha Radescu ? La Scala, le Carnegie Hall, la salle Pleyel ? Milan, New York, Paris ? Non. Nulle part. Son fabuleux talent, égal à celui d'un Chopin, supérieur à celui d'un Dvorak, d'un Ravel, resterait à jamais ignoré. Un gâchis irrémédiable. Avec le recul, Irina ne pouvait que l'admettre. Sa mère Martha s'y était résignée. Pour elle, il était tard, bien trop tard. Les années de son bel âge étaient fanées, elle ne pouvait qu'en ressasser les souvenirs flétris. Martha était passée à côté d'une carrière digne des plus grands. À d'autres, bien moins brillants, revenaient les éloges, la gloire, la reconnaissance. Les *standing ovations*, les corbeilles de fleurs, les billets doux rédigés par des admirateurs anonymes, la fébrilité des soirs de première, les photographes agglutinés devant la loge de l'artiste. Elle en avait tant rêvé, la malheureuse Martha, de ces sunlights braqués sur son visage, de ces applaudissements, de ces revues de presse dithyrambiques, si méritées, de l'amour du public qui l'aurait choyée, qu'elle avait fini par sombrer dans une dépression sournoise. Un mal qui la rongeait sans que jamais elle ne s'en plaigne. Nuit après nuit, elle s'éteignait à petits feux, accablée de mélancolie. Petre Radescu aimait sa femme à la folie, savait qu'il ne pourrait la sauver mais voulait bousculer le destin, vaincre la malédiction qui frappait les siens. Épargner la génération suivante.

Athanase ? Il n'était pas concerné. Bien sûr que non. Celui-là, ce voyou, il tracerait sa route tout seul, sans aucune aide. Andréa ? Encore moins ! Un godelureau sans envergure, que le temps assagirait peut-être, mais qui n'avait encore révélé aucun talent, si ce n'est celui de tricher au jeu. Une nuit ou l'autre, il fallait s'y attendre, fatalement, ça tournerait au vinaigre. Du gibier de potence comme on en avait tant compté dans la généalogie multiséculaire des Radescu… Irina ? Pour elle aussi les dés étaient jetés.

*

La veille au soir, lors du conseil de famille, elle s'était opposée à son père, dans une posture de révolte puérile. Rongée par la culpabilité, elle ne put retenir les larmes qui coulaient sur son si vilain visage et renifla pour se moucher du revers d'une des manches de sa robe. Elle-même n'avait aucun génie, si ce n'est celui de la découpe des cadavres, où il est vrai elle excellait. Ce n'était déjà pas si mal, bien entendu, mais il n'y avait pas de quoi pavoiser, et encore moins espérer laisser une trace pour la postérité. Doina… la petite Doina, si mignonne, si adorable, si attendrissante, la petite sœur qu'elle avait tant jalousée en raison de sa propre disgrâce physique, ne devait pas connaître le même destin pathétique que leur mère. Son génie devait pouvoir s'épanouir sans entraves, éclater au grand jour sans contrainte aucune. Oui, au grand jour ! Ce ne serait que justice. Doina portait sur ses jeunes épaules le malheur ancestral qui avait frappé les siens. Ce projet fou, insensé, que Petre Radescu avait mûri, cloîtré dans sa bibliothèque, à force de s'user les yeux sur des grimoires poussiéreux, puis sur des traités de médecine tous plus arides les uns que les autres, et enfin sur l'écran scintillant de l'ordinateur le reliant au Web, devait aboutir coûte que coûte.

Irina monta les quelques marches qui menaient à la chambre de sa sœur. Elle ôta ses chaussures et, à pas de loup, y pénétra, s'approcha du lit pour aller déposer un baiser sur son front. Doina dormait si profondément qu'elle ne s'aperçut de rien. Irina sortit de la pièce à reculons, referma précautionneusement la porte et se heurta à son père, qui passait le plus sombre de ses nuits à rôder en silence dans cette maison labyrinthique, des combles jusqu'aux sous-sols. Il était vêtu de sa robe de chambre habituelle.

Irina lui fit face, meurtrie dans sa pudeur. Petre Radescu avait assisté à la scène. À cet élan de tendresse de l'aînée envers sa cadette, qu'Irina aurait voulu garder secret. Elle ne put retenir un sanglot. Bouleversé, Petre prit Irina dans ses bras et l'étreignit longuement. Frémissant sous ses caresses, l'espace d'un instant, Irina se sentit redevenir petite fille.

– N'aie pas honte ! Nous l'aimons tous... murmura Petre en désignant la porte close de la chambre de Doina. Viens !

Il saisit un candélabre, en alluma toutes les bougies, et entraîna Irina dans un escalier qui menait aux caves de la *folie*. Pour ce faire, il fallait ouvrir une porte blindée que Petre actionna à l'aide d'une télécommande. Le battant pivota sans aucun bruit, à peine un grincement, des plus ténus.

Irina et son père s'engagèrent dans un couloir voûté, exigu, où l'on devait courber la tête pour pouvoir avancer. La corpulence d'Irina la gêna dans sa progression. À chaque pas, elle se heurtait aux parois du réduit, ses épaules, ses coudes, ses fesses se griffaient contre les aspérités de la pierre. Ils descendirent un étage, puis un autre, puis un autre encore. Le froid fit frissonner Irina. À cette profondeur, de puissants remugles prenaient à la gorge. Les blocs de calcaire qui sous-tendaient les fondations de la *folie* étaient couverts de moisissures épaisses et de vigoureux champignons prospéraient entre les jointures, aussi charnus que des bolets, aussi replets qu'un tapis de coulemelles. Une véritable jungle miniature. Un ruisseau gargouillait tout près de là, dans les entrailles du quartier, et fournissait l'humidité nécessaire pour nourrir une telle flore. Irina perçut des vibrations, celles du métro qui descendait de la porte des Lilas jusqu'à Châtelet sur la ligne 11. Toute une humanité de travailleurs matinaux partait déjà au taf, les paupières encore engourdies de sommeil, les moins hagards d'entre eux parcourant la passionnante prose des gratuits distribués à l'entrée des stations.

Petre Radescu pénétra dans une salle encore plus basse de plafond, très profonde, garnie de dizaines de barriques. Opulentes, rebondies, en parfait état de conservation. Le cerclage de fer était exempt de toute corrosion, préservé de toute trace de rouille. Les lattes de chêne resplendissaient de santé ; leur vernis luisait sous la flamme des bougies. Puis, se courbant davantage, il s'insinua dans un nouveau boyau encore plus exigu, pour déboucher dans un réduit qui abritait des étagères de bois. Elles aussi exemptes du moindre grain de poussière, du moindre filet de chancissure. La lumière falote du candélabre que Petre brandissait suffisait à l'attester. Lustrées, polies par une main maniaque. Le sanctuaire d'un caviste jaloux de son trésor. Il fallait quasiment s'y agenouiller pour en découvrir les beautés. Des dizaines de bouteilles soigneusement alignées. Pourvues d'étiquettes à moitié illisibles. Petre en manipula plusieurs, leur imprimant une légère rotation d'un geste précautionneux du poignet, aussi sûr que ferme, à la manière d'un œnologue.

– Il faut éviter les dépôts, expliqua-t-il à Irina. Ils ont tendance à cristalliser, exactement comme la lie du vin... Auquel cas le contenu est gâché ! Ce sont de très très grands crus !

Après quelques minutes d'une recherche minutieuse, il sélectionna une flasque ovoïde au bouchon de liège soigneusement enrobé de cire rouge et la glissa sous son aisselle, après quoi il entraîna Irina vers le rez-de-chaussée de la *folie*. Elle fut flattée de l'attention que lui manifestait son père. Non que l'existence de cette cave fût un secret, mais en principe les enfants Radescu n'étaient pas autorisés à y pénétrer. À chaque anniversaire de l'un ou de l'autre, le patriarche remontait des profondeurs de la *folie* avec un magnum de sa précieuse réserve et le déposait sur la table familiale, d'un geste auguste, pour magnifier l'événement, en souligner la solennité. Il l'exposait à la lumière des bougies du gâteau d'anniversaire, avec délicatesse, comme, chez le commun des mortels, on dépose un paquet cadeau chatoyant et enrobé de bolduc au pied de l'arbre de Noël.

Ce matin-là, il fit de même seul face à sa fille aînée. D'un buffet il tira deux minuscules verres à liqueur en cristal de Bohême, dressa une nappe de dentelle sur un guéridon et saisit un fin coutelas au manche d'ivoire.

– Patientons quelques minutes, décréta-t-il en palpant le plat de la flasque du dos de la main, il est légèrement trop frais, le mieux c'est de le boire chambré.

Le candélabre éclairait le contenu du récipient en faisant resplendir sa magnifique robe cramoisie. Irina commença à saliver. Sans qu'elle puisse se maîtriser, des filets de bave dégoulinèrent de ses babines, sa lèvre supérieure se retroussa dans une crispation qui n'avait rien à envier à celle d'une hyène. La fatigue accumulée durant la nuit lui faisait perdre tout sang-froid. De toute la fratrie Radescu, elle n'était pourtant pas la plus à plaindre. Ses vacations de légiste à la morgue du quai de la Rapée lui fournissaient maintes occasions de se rassasier. Certes, ce n'était pas toujours ragoûtant, ni de premier choix, mais au moins le ravitaillement était-il garanti et quasi remboursé par la Sécurité sociale. Son frère Athanase avait, on le sait, imaginé une belle combine, bien pépère, pour étancher sa soif. Le jeune Andréa abordait une phase plus critique. Ses incessantes escapades nocturnes aiguisaient son appétit, et Petre Radescu n'était pas dupe de son apparente nonchalance. Ce petit foutriquet bouffi de suffisance était bien fichu de se rendre coupable de quelque grave bêtise. Sa sournoiserie lui interdisait de confier ses émois, d'avouer ses pulsions. La longue expérience de Petre l'inclinait pourtant à l'indulgence envers son fils. Il était passé par là, lui aussi, du temps de sa folle jeunesse. Ce qui devait advenir adviendrait. Quant à Doina, à peine sortie de l'enfance, il était encore bien trop tôt pour qu'elle souffre du manque. Une raison supplémentaire de profiter de ce répit pour tenter de lui venir en aide.

*

Irina ne tenait plus en place. Elle s'agitait sur le canapé, tremblante de fièvre, le front ruisselant. Durant toute la séance d'autopsie, elle s'était tenue concentrée sur son travail, et, émoustillée par les regards enamourés que Pluvinage n'avait cessé de lui adresser au fil des heures, de façon de plus en plus appuyée, par ses clins d'œil annonciateurs de délices, elle en avait presque ignoré le fumet qui remontait jusqu'à ses narines, au fil des opérations. Une odeur ténue, presque imperceptible, diluée dans les différents produits pharmaceutiques nécessaires pour procéder à la dissection ou masquée par les flots d'eau de Javel que les garçons morguistes déversaient sur le sol. Sans compter que, durant son supplice, l'empalé de Vaudricourt-lès-Essarts avait été vidé de tout son sang, d'une hémorragie interne à l'autre, d'une artère à sa voisine. Ses chairs, ses organes en avaient été dégorgés, pour s'écouler le long de la tige de bois qui l'avait perforé de bas en haut, selon le rituel édicté par Vlad Tepes.

Quoi qu'il en fût, à cet instant précis, assommée de fatigue, Irina n'était plus à même de se dominer. Une salive mousseuse inondait son menton parsemé de dartres. Sa chair gélatineuse et moite était parcourue de frissons, des pieds à la tête. Elle fixait la flasque d'un regard concupiscent. Petre Radescu décapsula celle-ci d'un revers de son coutelas. Il versa quelques rasades du précieux liquide dans les verres qu'il avait préparés. Irina empoigna le sien avec frénésie et le vida d'une traite.

– Doucement, doucement, ma fille, protesta Petre, c'est un nectar qui mérite le respect.

Irina tendit de nouveau son verre entre ses doigts fébriles. Son père l'emplit une deuxième fois, avant de savourer le sien avec lenteur, en claquant la langue à plusieurs reprises.

Irina l'imita, avec la même avidité. Le breuvage l'apaisa aussitôt. Elle se sentit fondre de béatitude, comme si son corps si disgracieux se délestait de toute sa charge, comme si la part la plus intime de son être se trouvait délivrée de cette chair flasque et adipeuse qu'elle haïssait de toutes ses forces mais qu'elle était contrainte d'habiter, comme captive d'une camisole de force. Il s'agissait d'un soulagement indescriptible. Un envol. Une sensation d'apesanteur. Il lui sembla qu'elle pouvait flotter dans la pièce, aussi légère qu'une plume. Les yeux mi-clos, elle tendit son verre, une troisième fois.

– Maintenant, tu vas véritablement savourer… gloussa Petre. Une gorgée après l'autre, je t'en prie, sans précipitation !

Irina suivit ce conseil, obéit avec le sourire, un sourire franc, sans retenue, totalement impudique, qui dévoila ses crocs. Elle trempa ses lèvres dans le breuvage pour n'en absorber que quelques millilitres qu'elle fit rouler sur sa langue, écrasa contre son palais comme une framboise, une mûre cueillie sur un buisson de ronces, pour mieux s'en délecter. La sensation était délicieuse. Un goût exquis. Qui flattait les papilles, les mettait en émoi. Elle rejeta la tête en arrière, sa nuque calée contre un coussin, et ne put retenir un gémissement extatique. Elle serra convulsivement les cuisses, à plusieurs reprises, inondée de plaisir, plus encore qu'elle ne l'avait été quand le bon docteur Pluvinage l'avait besognée de toute sa fougue, à peine deux heures auparavant.

Au comble de la gêne, Petre Radescu se détourna légèrement, rajusta sa robe de chambre et s'assit en croisant pudiquement les jambes pour dissimuler le trouble qui lui aussi le gagnait.

– Eh bien voilà, murmura-t-il d'une voix sourde, j'ai été ravi de partager ce moment avec toi...

Sa vie durant, Petre Radescu avait fait preuve de la plus extrême maladresse envers sa descendance. Non qu'il n'aimât pas ses enfants, bien au contraire. Le travail harassant auquel il consacrait toute son énergie lui avait interdit de leur témoigner la tendresse pleine et entière qu'ils méritaient. Il s'était retrouvé pris en tenaille entre la dépression dont souffrait son épouse Martha et l'agacement qu'il ressentait face aux frasques d'un Athanase, aux errements lubriques d'une Irina, aux égarements d'un Andréa. S'il avait davantage veillé sur eux, qui sait, Irina ne serait pas devenue si laide, Athanase n'aurait pas entamé une carrière de tenancier de boîte de nuit plus que louche, et Andréa aurait pu consacrer sa prodigieuse habileté manuelle à d'autres facéties que celles auxquelles il s'adonnait dans les cercles de jeu fréquentés par une racaille aussi mondaine que détestable. Restait Doina. Le dernier rendez-vous de sa vie de père, la chance à ne surtout pas laisser échapper.

*

Irina désigna la flasque à moitié vide. L'étiquette avait aiguisé sa curiosité.

– Hauptman Manfred von Herstein ? 1893-1921 ? s'étonna-t-elle en déchiffrant les lettres imprimées en caractères gothiques sur le rectangle de papier qui s'effilochait en lambeaux.

– Oui, confirma Petre, un petit hobereau prussien, une de ces gouapes arrogantes, du genre casque à pointe, cravache, manteau de fourrure et bottes à éperons ! Un capitaine de cavalerie sans envergure… Il a été fait prisonnier sur le front ukrainien lors d'une offensive bolchevique dans les environs de Lvov. Et, tiens-toi bien, Léon Trotski en personne a signé l'ordre de le traîner devant le peloton d'exécution ! C'est ton oncle Vladimir qui nous a fait parvenir ce… ce présent ! Il a été personnellement témoin de la scène, la nuit du… ? du… ? du 18 avril 1921 !

Il lui avait fallu chausser ses bésicles pour vérifier la date mentionnée sur l'étiquette, en la tenant à distance, les bras tendus. Sa presbytie s'aggravait.

– Tu te souviens de Vladimir ? demanda-t-il.

Irina hocha la tête, incertaine. Vladimir ? Un

125

lointain souvenir, des plus confus, qui remontait à la décennie 1950, mais qui peu à peu s'affermit dans sa mémoire. L'oncle Vladimir – qui, las d'endurer les froids polaires dans l'enfer blanc de la Kolyma, était parvenu à s'évader du Goulag – avait passé quelques semaines dans la *folie* avant de partir de nouveau à l'aventure quelque part en Amérique latine, pour recommencer une nouvelle vie. Lors de son séjour à Paris, il s'était entiché d'Andréa, encore en culottes courtes, et lui avait appris ses premiers tours de cartes sur un jeu de Nain Jaune ! C'était lui qui lui avait enseigné l'art de faire disparaître un as de cœur dans sa manche pour le faire resurgir dans la poche de son gilet. L'oncle Vladimir ! Un grand gaillard à la barbe rousse, qui, du crépuscule jusqu'à l'aube, chantait des airs d'opéra de toute la puissance de sa voix de ténor, l'intégrale de *Boris Godounov*, faisant valser la frêle Martha entre ses bras herculéens jusqu'à la soulever du sol. Une tornade de rire et de joie de vivre alors qu'après la révolution de 1917 il n'avait connu que les pires ennuis. Auparavant il avait appartenu au cercle des proches de Raspoutine, ce qui avait grandement favorisé ses affaires.

– Une fois par an il nous écrit, précisa Petre. Peut-être le reverrons-nous, une nuit ou l'autre ?

Irina se saisit de la flasque qui contenait encore quelques centilitres de sang. Elle la vida en emplissant les deux verres, l'un destiné à son père, l'autre à sa propre gourmandise. Ils burent en silence.

– Père, si vous voulez mon avis, cette vermine teutonne devait abuser de la bière et du schnaps, suggéra-t-elle après un long moment de réflexion. Sans rien certifier, je ne suis pas infaillible, mais il y a comme un petit arrière-goût de transaminases, vous ne trouvez pas ?

Petre Radescu acquiesça. Il claqua de la langue, concentré.

– Pas de cholestérol, c'est certain, un diabète potentiel, non déclaré, je te l'accorde, mais tu as raison, ce von Herstein était un ivrogne en puissance ! En donnant l'ordre de lui trouer la paillasse, Trotski l'a sans doute préservé de la cirrhose !

– Une mesure prophylactique comme une autre… Paix à son âme, gloussa Irina, secouée par un fou rire.

Petre Radescu se laissa lui aussi gagner par l'hilarité, heureux de s'être réconcilié avec sa fille après la brouille de la veille au soir.

La flasque était vide. Petre se leva, passa devant une fenêtre du salon, soigneusement obturée par des volets de bois. Un filet de lumière filtrait au travers d'une des rainures et venait inonder le sol dallé de marbre. Sous cette vive clarté, on voyait virevolter un nuage de poussières inertes, mais sans doute aussi l'agitation d'une multitude d'acariens se livrant à de titanesques combats pour défendre leur droit à la vie. La météo avait annoncé un temps resplendissant, une de ces journées d'hiver d'un froid très sec, mais gorgées de soleil. Petre Radescu ouvrit la main et tendit sa paume, comme pour capturer ce rayon immatériel. Il resta ainsi une longue minute, puis referma le poing en grimaçant de douleur et recula d'un pas. Des larmes coulaient sur ses joues.

– Il fait déjà grand jour ! Va te coucher, ma chérie, dit-il en caressant le front d'Irina.

Elle s'apprêtait à obéir, mais se ravisa.

– Cette nuit, j'ai été conviée à une curieuse séance d'autopsie... un corps ramassé par la Brigade criminelle !

– Eh bien ? demanda Petre, intrigué par le ton de sa voix, grave et anxieux.

A priori, il n'y avait rien de bien surprenant. C'était même le quotidien sordide dans lequel baignait Irina.

– Un empalé, un empalé dans les règles de l'art, précisa-t-elle. Un acte de torture administré avec une maîtrise absolue ! Je vous le jure, Père !

Elle décrivit en détail ce à quoi elle avait assisté, le cérémonial de l'autopsie, puis les conclusions de ses confrères légistes, qu'elle avait elle-même signées. Petre Radescu fronça les sourcils, à la fois stupéfait et inquiet. Il ne croyait pas au hasard. Cette nouvelle n'annonçait rien de bon et, après la décision qu'il venait de prendre, ne pouvait tomber plus mal. D'ici à ce que la presse s'amuse à agiter les épouvantails !

Irina partit se coucher.

Son candélabre à la main, Petre Radescu se dirigea vers la chambre où dormait Martha. Elle reposait nue, à plat ventre dans le grand lit à baldaquin tendu de draps de satin noir. Petre, malgré toutes les années enfuies, frémissait toujours de désir pour ce corps aux courbes délicates dont il connaissait par cœur les méandres, les rotondités, les vallons moelleux et surtout la plage couverte de mousse si tendre qui menait à la grotte aux délices. L'absorption des quelques centilitres du sang de Herr Hauptman Manfred von Herstein (1893-1921) avait fouetté ses sens. Il esquissa une caresse au creux des reins de cette compagne tant aimée. Une supplique. Martha se recroquevilla en émettant un gémissement aussi plaintif que réprobateur et rabattit le drap sur sa peau d'albâtre, se dérobant ainsi à son regard.

Petre Radescu battit humblement en retraite.

4

Philibert Van Meerten était l'ultime descendant d'une longue lignée d'armateurs bataves qui, dès le dix-huitième siècle, avaient bâti une colossale fortune dans le négoce des bois précieux entre les Pays-Bas et les colonies, en touchant un peu, un tout petit peu, oh, à peine, au commerce triangulaire. Leurs bateaux pansus sillonnaient les mers, depuis la Baltique jusqu'à l'île de Gorée, avant de tracer la route vers les Antilles, en une ronde incessante. La demeure familiale était située à Amsterdam, sur le Herengracht, le « canal des seigneurs » bordé d'ormes et de peupliers, où s'étaient établies de nombreuses dynasties patriciennes durant le Siècle d'or.

Lors des réunions de famille, à l'heure où les dames restent entre elles pour papoter et où les hommes s'enferment dans le fumoir pour allumer leur cigare et échanger des plaisanteries grasses, on chuchotait parfois, de mémoire ancestrale, qu'à la faveur d'une séance de pose, un matin du printemps 1661, n'y tenant plus, un certain Harmenszoon Van Ryn, alias Rembrandt, avait forcé l'intimité d'Helga Van Meerten, une pucelle aussi jolie que niaise qui lui servait de modèle, et que de cette copulation était né un fils, qui avait engendré un fils, lequel à son tour... Enfin bref, Rembrandt, trompant sa chère épouse Saskia, avait tiré son coup vite fait bien fait avant que de filer la queue entre les jambes, en lestant les Van Meerten d'une potentielle giclée de génie que de génération en génération les descendants de la belle Helga ne cessèrent de guetter chez leurs rejetons. Peau de balle, aucun d'entre eux n'avait hérité du prodigieux talent du maître. Ce qui survient fréquemment dans ce genre de mésaventure.

Fait troublant, trois siècles plus tard, au mitan des années 1960, 1965 très exactement, tous les descendants de la famille Van Meerten, dispersés aux quatre vents du monde, s'étaient soudainement éteints, comme frappés d'un mal sournois qui défia la sagacité des meilleurs pathologistes. On n'avait pas chipoté sur les examens, les biopsies, les analyses, en vain. Philibert, sidéré, reçut les faire-part de décès qui lui parvinrent en rafale. Tantôt ce fut un oncle installé à New York, boursicoteur à Wall Street, dans la force de l'âge, qui cassa brusquement sa pipe sans cause bien définie, vaincu par une fatigue rédhibitoire, tantôt une tante établie à Buenos Aires, où elle animait un cours de tango parmi les plus réputés, atteinte d'une cachexie tout aussi pernicieuse, et qui prit soudainement le large vers le cimetière, tantôt un cousin antiquaire qui jusqu'alors menait des jours heureux à Venise, victime lui aussi d'une anémie fatale, sans étiologie clairement identifiable, etc., etc., etc. Soit une vingtaine de macchabées au total, en moins d'un an ! Une hécatombe. Après avoir rassemblé les dossiers, les avoir étudiés, les avoir pressurés pour en extraire tout leur jus, un ponte *honoris causa* de l'université de médecine de Rotterdam s'était attelé à la tâche. Il avait rendu un rapport très prudent, concluant à une sorte de leucémie rampante, asymptomatique. Une énigme. Qu'il baptisa sobrement « syndrome Van Meerten », avouant ainsi, à mots couverts, qu'il était infoutu d'avancer la moindre explication convenable.

D'Amsterdam, de New York, de Buenos Aires, de Venise et d'une dizaine d'autres villes où la famille s'était dispersée et où le fléau avait sévi, les notaires se mirent au travail et, après s'être coordonnés et avoir ponctionné leur dîme telles des sangsues, ils trouvèrent un terrain d'accord pour désigner le seul héritier survivant de la lignée : Philibert Van Meerten. Né le 16 avril 1948.

Durant quelques mois, l'heureux bénéficiaire de ces tractations vécut dans l'angoisse la plus folle, guettant le moindre symptôme du mal sournois qui avait emporté les siens, mais rien ne vint. Envers et contre tout, il se sentait en pleine forme. Tenaillé par la hantise d'une mort programmée, il se fit hospitaliser dans une clinique suisse où toute une cohorte de médecins, de psychiatres et d'infirmières veillèrent sur lui et pratiquèrent à sa demande des check-up à tire-larigot. Pour rien. Le temps passa et Philibert parvint à se convaincre que la malédiction familiale l'avait en définitive épargné. Pour toute séquelle, il était devenu hypocondriaque, ne se déplaçait plus sans une trousse de médicaments hautement farfelue et appelait son médecin tous les matins. En guise de lot de consolation, le pactole qui lui échut à la suite de la disparition de ses proches s'avéra considérable, et lui autorisait donc tous les caprices. Une longue vie d'oisiveté s'ouvrait devant lui. Son banquier était très gentil, et le recevait toujours avec le sourire et une coupe de champagne. Le minimum syndical.

Après son enfance et son adolescence passées à Amsterdam, Philibert s'était installé à Paris, avenue Frochot, dans un petit hôtel particulier que détenait la famille. Il y établit son campement à l'hiver 1968. Pour tromper son ennui, il suivait un vague cursus de lettres à l'université de la Sorbonne, aussi se trouva-t-il aux premières loges quand les *événements* se produisirent. Il s'enticha de maoïsme, brandit *Le Petit Livre rouge*, lança quelques pavés, scanda *CRS/SS* et quantité d'autres âneries, reçut quelques coups de matraque, passa des nuits entières à taper des *stencils* et à actionner la manivelle d'une *ronéo* Gestetner pour tirer des tracts baveux d'encre qui appelaient à l'insurrection du prolétariat, tracts qu'il fallait aller distribuer au petit matin devant les portes d'usines situées dans de lointaines banlieues peuplées d'individus aussi bronzés qu'il était blond, et aux cheveux aussi crépus que les siens étaient lisses[1].

---

1. Il est inutile d'alourdir le récit par des digressions fastidieuses. À propos des termes *stencils* et *ronéo*, le lecteur soucieux d'exactitude consultera le site Internet du musée des Arts et Métiers et lira avec attention les notes de bas de page 3 à 7.

Après ces accès d'activisme débridé, Philibert rompit avec ses amis maoïstes trois ans plus tard, en 1971, quand ceux-ci commencèrent à suggérer que la mise en vente de l'hôtel particulier de l'avenue Frochot pourrait grandement contribuer à financer la Cause. Ce qui était assez bien vu. Cruel, certes, mais pertinent. Philibert se retrouva confronté à une sorte de tribunal populaire dont les procureurs fustigèrent ses mœurs bourgeoises, décadentes, forcément décadentes, son goût pour les vins fins – la cave de l'hôtel particulier recelait un véritable trésor –, son amour de la peinture, là encore il avait fauté en amassant quelques toiles de valeur qui vinrent compléter une collection déjà bien replète, réunie dans les années 1930 par le précédent occupant des lieux, Hans Van Meerten, un arrière-grand-oncle disparu dans un naufrage au large de Trinidad à la suite d'une collision de son voilier avec un navire marchand. Ils ne manquaient pas de culot, les camarades, eux qui avaient vidé force bouteilles de chassagne-montrachet et de romanée-conti à la fin des réunions durant lesquelles on n'en finissait plus de psalmodier en chœur les pensées du Guide : *De la juste solution des contradictions au sein du peuple. Méthode de travail des comités du Parti. Contre le culte du livre. D'où viennent les idées justes ? Soucions-nous davantage des conditions de vie des masses*[1] *!* Le soir de la tenue du tribunal populaire, Philibert Van Meerten fut pris d'une

1. *Citations du président Mao Tsé-toung*, Pékin, Éditions en langues étrangères, 1966.

colère farouche et, déterminé à mettre fin à sa carrière politique, expulsa les camarades à grand renfort de taloches. Seul contre tous, il n'eut aucun mal à emporter la victoire. Sa puissante carrure, 1,95 mètre, 110 kilos, dissuadèrent les récalcitrants de protester outre mesure. Ses mains agirent comme des battoirs, renouant ainsi avec la vigoureuse tradition dont avaient su faire preuve ses ancêtres, quand il fallait contraindre les esclaves à grimper à coups de fouet dans les bateaux négriers qui effectuaient leur sinistre navette entre le Sénégal et le Nouveau Monde. Après l'algarade, la fine fleur de la révolution, ces apprentis Gardes rouges au visage marbré d'ecchymoses à la suite de la tannée qu'ils venaient d'encaisser, se retrouva sur le pavé de la place Pigalle, désenchantée et amère. On se regroupa dans une brasserie voisine pour voter une motion vengeresse autour d'une portion de moules-frites arrosée de bière, ce qui ne manquait pas de charme, eu égard aux coutumes prolétariennes dont se réclamait la sympathique petite bande. Et basta.

1972. Bon, c'était pas tout ça, il était temps de prendre le large. La France pompidolienne emmerdait puissamment Philibert. Les 4L[1], les rengaines de Michel Fugain[2], le jeu du Schmilblick[3] et les

---

1. Automobile au design paradoxal, défiant les lois élémentaires du CX, le coefficient de pénétration dans l'air, mais qui connut pourtant un grand succès.
2. Chanteur de variétés. *Fais comme l'oiseau ! C'est un beau roman, c'est une belle histoire...* figurent parmi ses titres les plus connus.
3. Jeu radiophonique très populaire, à énigmes absconses.

diatribes de Georges Marchais[1], toute cette médiocrité poisseuse, ça commençait à bien faire. L'héritier de la dynastie Van Meerten emplit son sac à dos d'une poignée de slips, de tee-shirts et s'envola vers d'autres aventures… ! USA ! En avant, toute !

*

2007. Près de quatre décennies s'étaient écoulées. À l'orée de la soixantaine, Philibert Van Meerten avait regagné son nid, l'hôtel particulier de l'avenue Frochot. L'âge venant, il s'était soudain senti envahi par une mélancolie doucereuse, une langueur des plus perfides. Il s'ennuyait à en mourir. Il s'était épuisé à sillonner les États-Unis en tous sens, de New York à San Francisco, de L.A. à Philadelphie, Las Vegas, Chicago et Bâton-Rouge. Il n'existait tout simplement pas un seul lieu de perdition qu'il n'eût fréquenté. En parcourant son carnet d'adresses, on aurait pu rédiger un *Guide du Routard* version hard. Partout, il avait côtoyé la crème de la crème des déjantés, fréquenté le nec plus ultra des milieux underground – *under* à la puissance 10 –, s'était acoquiné avec des junkies, des accros du poker, de la roulette russe, des gourous de différentes sectes, avait goûté à toutes les substances hallucinogènes qu'on puisse ingurgiter, sniffer ou s'injecter, sans exception aucune. Il avait forniqué avec des créatures de tous les

1. Dirigeant politique classé à gauche de l'échiquier politique, célèbre pour ses saillies vulgaires.

sexes, dans toutes les positions imaginables, en duo comme en groupe, échappant non seulement au VIH mais aussi à la moindre blennoragie alors que, fervent adepte du barebacking, il avait perforé bien des orifices et qu'en échange il avait offert les siens. Durant ces pérégrinations, il avait inévitablement croisé la route de Fakir Musafar et des *modern primitives*, s'était fait tatouer et piercer en tous sens, allant jusqu'à se faire poser un princealbert sur la verge, avait assisté à quelques performances du fakir *himself*, lors desquelles celui-ci se faisait enfoncer de gros hameçons dans la peau avant que ses assistants le suspendent à l'aide de filins, etc. Ensuite, comme pour se purifier de toutes ces turpitudes, il avait connu une période mystique auprès d'une Église adventiste, mais s'en était délivré de la même manière qu'il avait jadis congédié ses amis maoïstes.

Une vie comme une autre. Fellah maniant l'araire, cosmonaute ou *golden boy*, on ne choisit pas toujours son destin, sinon ce serait trop fastoche. Et puis soudain le vide, un gouffre vers lequel il marchait à grands pas. De quoi flipper sérieux. Malgré toutes ses frasques, sa fortune était à peine entamée. Le banquier qui l'avait jadis gérée était décédé d'un infarctus, et un autre petit homme tout aussi gris, tout aussi insignifiant, avait repris le flambeau. À l'aide d'un ordinateur, grâce auquel, en quelques touches frappées sur le clavier, il était à même d'imprimer des graphiques éloquents qui démontraient que son client pouvait continuer à déconner à pleins tubes sans se faire de bile. Non seulement son magot ne s'était pas dégonflé, mais il s'était copieusement engraissé à la suite de placements audacieux sur les fameux fonds de pension...

Le Paris qu'il aimait tant avait bien changé depuis son exil. Philibert arpenta ses rues et ses boulevards en d'interminables errances plus ou moins alcoolisées, ne s'y retrouvant plus trop. Le quartier Latin de sa jeunesse s'était dépeuplé de ses librairies pour céder la place à des boutiques à fripe, la place Pigalle et la rue Saint-Denis s'étaient délestées de leurs gagneuses aux lèvres rouges et à la fesse accueillante, les vénérables Halles avaient été englouties corps et biens, les pauvres avaient été éjectés vers la banlieue à la suite de la hausse du cours de l'immobilier, les Arabes de Belleville avaient été expulsés par les Chinois... Et comme si cela ne suffisait pas, Philibert avait perdu ses cheveux. Sa belle crinière blonde, autrefois somptueuse, s'était délitée, mèche après mèche. Les larmes aux yeux, il caressait parfois son crâne chauve, aussi lisse, aussi luisant, aussi glacial qu'un bloc d'onyx. Ses épaules s'étaient voûtées. Il traînait sa grande carcasse de bistrot en bistrot, désœuvré, la mort dans l'âme. Était-ce cela qu'on appelait *vieillir* ? Oui, sans doute. Une sensation affreuse d'enlisement dans des sables mouvants, qui, grain après grain, remontaient insidieusement le long de ses chevilles, puis de ses mollets, puis de ses cuisses. Impossible d'échapper à cette succion irrésistible.

En dépit du peu d'intérêt que la vie lui offrait désormais, de la haine de lui-même qu'il avait si méticuleusement cultivée, du mépris de soi qu'il ne pouvait s'empêcher de ressentir chaque fois qu'il contemplait son visage dans un miroir, il lui restait un dernier souffle de hargne, un ultime sursaut d'aigreur qui le poussait à ne pas capituler. Son existence médiocre, aussi futile que vagabonde, n'avait été qu'un ratage sans bornes ? Soit ! Restait malgré tout à laisser une trace dans la mémoire de ses contemporains. À tout prix. Hors de question de tirer sa révérence sans finir par un coup d'éclat ! Les quelques centilitres de sperme que Rembrandt avait abandonnés dans la chatte si douce, si soyeuse de son-arrière-arrière-arrière-bisaïeule Helga méritaient bien un petit effort de réflexion. Le plus novice des psys vous le confirmerait, c'est le genre de péripétie qui obsède, à la longue, il faut bien l'avouer. Philibert était paumé, perdu, en proie à des angoisses vertigineuses.

Un tel parcours, on peut aisément le concevoir, ne mène pas à la sagesse, au recueillement, à l'ascèse. Le trip retraite dans un monastère trappiste en plein cœur de la paisible Bourgogne, avec saule pleureur devant le prieuré et petite rivière agrémentant de son doux chuchotis le silence ambiant, à peine perturbé par le bourdonnement des abeilles et le chant des mésanges, c'était pas franchement sa tasse de thé, à Philibert Van Meerten. Dès lors, rien d'étonnant à ce qu'il se soit mis à péter les plombs. La cervelle en ébullition, comme frappée de tachypsychie, il gambergea comme un dingue pour dénicher la combine qui lui ouvrirait les portes de la postérité. Et c'est alors que le fameux « syndrome Van Meerten » revint brusquement lui chatouiller la mémoire. Le sang. Tous les siens étaient décédés d'une maladie du sang, jamais élucidée. Et qui l'avait épargné, lui, Philibert, comme si une puissance supérieure avait miraculeusement pointé son doigt rédempteur sur sa petite personne pour lui dire : « Tu survivras, toi et toi seul, et si tu peux y piger quelque chose, bonne chance ! »

Le sang.

Sans vouloir offrir la moindre des circonstances atténuantes à un psychopathe de cet acabit, force est de reconnaître qu'il y avait de quoi être troublé.

Et donc, nous y voilà.

*

La victime, un certain Franck Gravier, fréquentait assidûment une boîte louche, L'Achéron, sise rue de Lappe, à deux pas de la place de la Bastille. Philibert Van Meerten s'y rendait très souvent. De ses pérégrinations new-yorkaises il avait gardé un goût assez prononcé pour le milieu gothique, voire sataniste ou vampirique. Le folklore parisien qui agitait ces petits cénacles le faisait gentiment ricaner. Il avait vu pire, bien pire... ou plutôt mieux, bien mieux, selon le point de vue que l'on décide d'adopter.

Pourquoi choisit-il Gravier pour première victime ? Comment savoir ? Il avait repéré le jeune homme à L'Achéron où celui-ci venait deux ou trois fois par semaine et prenait plaisir à boire quelques verres de sang-pour-sang. Renseignements pris, Philibert sut très rapidement à qui il avait affaire. Gravier était un individu tout à fait ordinaire qui travaillait en tant que vendeur dans une animalerie du quai de la Mégisserie. Il passait ses journées à soigner des lapins, des chats, des chinchillas enfermés dans leur cage ; ça tombait plus que bien, Philibert avait toujours haï les animaux. Gravier ? Un type d'une exquise douceur, dépourvu de la moindre méchanceté… Le soir, Dieu sait pourquoi, il se maquillait et enfilait un déguisement gothique pour venir s'encanailler rue de Lappe. Plutôt que de l'aborder dans cet endroit, Philibert s'était débrouillé pour faire sa connaissance en le bousculant alors qu'il sortait de sa boutique après sa journée de boulot. Le paquet de Marlboro de Gravier lui était tombé des mains avant d'aboutir dans le caniveau, Philibert avait généreusement sorti le sien, lui en avait offert une et, de fil en aiguille, ils avaient sympathisé et s'étaient retrouvés dans l'hôtel particulier de l'avenue Frochot. Quand Philibert s'était dénudé, Gravier avait manqué s'évanouir, émerveillé de découvrir ses tatouages, totalement bluffé par le fameux prince-albert qui ornait la verge de son nouvel amant, et les mille voluptés que le bijou promettait. Gravier avait toujours rêvé de ce genre de facéties, mais sa grande timidité, sa nature très réservée, pour ne pas dire inhibée, lui avaient interdit de basculer du côté obscur de la Force.

Après sa rencontre avec l'héritier de la dynastie Van Meerten, ce fut chose faite : le soir du 22 décembre 2007, Franck Gravier avait rendez-vous avec son destin. À vingt-deux heures, il vint rejoindre son amant à son domicile, et fut aussitôt happé par des mains implacables. On lui écrasa un chiffon sur la bouche, le nez, il fut étourdi par les vapeurs qui s'en dégageaient, et pour parfaire le travail, on lui noua un garrot autour du bras et on lui enfonça une seringue dans la saignée du coude… De quoi assommer un buffle. Quand il se réveilla, quelques heures plus tard, il put apercevoir un décorum lugubre, un hangar sinistre éclairé par une forêt de cierges. Une douleur atroce lui tenaillait les tripes. Il se débattit tant qu'il put, et mit quelques secondes à comprendre à quel supplice on était en train de le soumettre. Philibert Van Meerten, agenouillé mains jointes devant l'autel de parpaings qu'il avait fait dresser, scrutait son visage déformé par la souffrance avec une gourmandise d'une perversité inouïe.

Le reste appartient à la mémoire de Franck Gravier.

Philibert, quant à lui, était ravi de cette entrée en matière, si l'on peut oser cette expression. L'hommage qu'il avait voulu rendre au maître Vlad Tepes, en une sorte d'ouverture à l'opus qu'il s'apprêtait à exécuter, ne manquait pas de panache. Un bon début. Il fallait à présent passer aux choses sérieuses…

*

Toutefois, opérer dans les règles de l'art n'avait pas été simple. Il avait fallu acheter une longue tige de bambou dans un magasin Truffaut, préparer le socle du pal, façonner le béton en une solide galette, louer une camionnette qui permettrait de transporter le fardeau, et enfin passer à l'action. Trois complices auxquels il avait copieusement graissé la patte. Des lumpen-prolétaires qui traînaient leur ennui dans leur sinistre cité et que quelques billets de cent euros avaient suffi à appâter. Il les avait tout simplement croisés dans un McDo, entre la gare RER et le centre culturel Louis-Aragon de Vaudricourt-lès-Essarts. Ses grands talents relationnels avaient fait le reste…

En vérité, Philibert, très féru de culture vampirique, avait tout d'abord cherché à soudoyer des Gitans, selon la coutume, mais il s'était fait vertement rembarrer. Un soir, alors qu'après de pointilleux repérages il rôdait près d'un campement de cahutes et de caravanes installées sur un terrain vague situé à la lisière de la ville, il avait tenté des manœuvres d'approche, mais un certain Anton – le caïd qui régnait sur une bande de Roumains qui n'avaient rien de tziganes hormis un look assez destroy – l'avait invité à déguerpir en le menaçant d'une barre de métal rougie extraite d'un brasero. Philibert aurait pu le rectifier d'une simple balle du 357 Magnum dont il s'était pourvu, mais franchement, ça n'aurait servi à rien. Il prit sagement la fuite. Et se résigna à faire une entorse à la règle en espérant que, du fin fond de l'éternité, le Vénéré Vlad Tepes lui pardonnerait cette faute vénielle.

Pas de Gitans ? OK, d'accord. Ce fâcheux contretemps lui permit toutefois de repérer le hangar à l'abandon qui fournirait un cadre parfait à la cérémonie qu'il se préparait à célébrer...

*

Les trois zozos qui s'étaient pliés aux caprices de Philibert pensaient avoir dégotté le chef idéal, un keum bourré de thunes, classe de chez classe comme à la téloche, par ailleurs complètement ouf, qui les mènerait sur les chemins de la fortune. C'était autre chose que les caïds de leur cité qui ne leur proposaient que des boulots de naze, de la daube, style surveiller les bagnoles des keufs de la BAC, genre donner le pet dès qu'elles s'approchaient, ou zarma cogner sur les ieuvs qui gueulaient parce que c'était le foutoir dans leur hall d'immeuble à cause du deal. Ils étaient prêts à obéir à Philibert au doigt et à l'œil. Une fine équipe. Nono, dix-neuf ans, avait quitté le LEP où on l'avait relégué en section maçonnerie (c'est lui qui avait confectionné à la truelle la galette de ciment destinée à supporter le pal), Mouloud, vingt ans, aux capacités intellectuelles très modestes, n'était pas allé plus loin que sa quatrième de Segpa, quant à Sekou, l'aîné, vingt-deux ans, il s'était fait éjecter du centre de recrutement de l'armée de terre pour énurésie à la suite du stage de probation, une blessure narcissique qu'il n'avait jamais digérée.

Philibert s'était beaucoup diverti à l'étude de

leur courte biographie. Avec de tels Pieds Nickelés à sa botte, il aurait pu s'amuser quelque temps, mais tel n'était pas son projet. Il savait pertinemment qu'ils se tiendraient à carreau au mieux durant quelques semaines, mais que, tôt ou tard, la vantardise aidant, ils ne pourraient s'empêcher de frimer en narrant leurs exploits dès lors que la presse aurait dévoilé l'affaire de l'empalement. Leurs confidences risquaient de contrecarrer ses projets ultérieurs. D'autant que désormais, pour la suite du programme qu'il avait concocté, il devrait agir seul.

Il les convoqua deux jours plus tard, la nuit de Noël, à proximité du canal de l'Ourcq, à quelques pas de l'écluse de Sevran. Comme prévu, Sekou s'était chargé de piquer une caisse dans laquelle les trois lascars attendaient les ordres de leur mentor. La voiture, une Twingo pas très reluisante, était garée le long des berges du canal, la calandre au ras du quai, ainsi que l'avait ordonné Philibert, à l'endroit même où les eaux de l'écluse bouillonnaient. Alentour, les façades des pavillons étaient illuminées de guirlandes. Douce nuit, sainte nuit. Peu après vingt-trois heures, Philibert s'approcha de la voiture. Le trio de guignols avaient allumé un de leurs nombreux pétards quotidiens et flottaient dans les vapes, hilares, Sekou installé au volant, Nono à ses côtés et Mouloud vautré sur le siège arrière.

Philibert s'approcha, surgit à l'improviste, toqua à la vitre du conducteur, salua Sekou et lui fit signe de mettre le moteur en route. Yes, man... ça baignait comme prévu, cool ! Le boss avait prévu un nouveau bizness ! La thune allait de nouveau pleuvoir ! Docile, Sekou desserra le frein à main et fit rugir le moteur. Philibert contourna alors brusquement la Twingo par l'arrière, saisit le pare-chocs de ses mains enrobées de gros gants de chantier rembourrés de lames d'acier, prit une profonde inspiration, bloqua son souffle et poussa de toutes ses forces vers l'avant. Sekou n'eut le temps ni d'enclencher la marche arrière ni de serrer le frein à main. La voiture bascula dans les eaux du canal avec lenteur, en émettant un « plouf » sonore. C'était l'heure où les riverains commençaient à découper la traditionnelle bûche de crème glacée garnie de petits lutins en nougatine, de sapins miniatures en pâte d'amandes, et à distribuer des baffes aux gosses pour les faire patienter avant de les autoriser à ouvrir leurs cadeaux. Personne ne s'alarma.

Philibert demeura sur la rive du canal, légèrement en retrait, à l'abri de l'obscurité. Nono, Mouloud et Sekou n'avaient strictement aucune chance de s'en tirer. Non qu'à cet endroit le canal de l'Ourcq fût très profond, trois mètres à peine... mais l'eau était glacée, les vapeurs du shit leur avaient ôté toute capacité de réaction, et, dans le cas contraire, Philibert se tenait prêt à guetter le premier qui se serait agrippé à la rampe bétonnée de la berge pour l'expédier derechef dans la flotte en le savatant d'un puissant coup de talon en pleine gueule. Il n'y eut que quelques remous, une éruption de grosses bulles, rien de plus.

Avant de procéder à cette exécution collective, il avait longuement hésité. Non pas sur son caractère inéluctable, mais concernant les modalités qu'il convenait d'adopter. Il aurait pu convoquer les trois abrutis un par un dans sa résidence de l'avenue Frochot et leur administrer un traitement de derrière les fagots, se repaître de leurs supplications, savourer leur agonie, mais c'eût été trop facile. Il ne devait pas gâcher son talent, jouer petit bras. Assassiner gratuitement, pour le simple plaisir ? Non. Il avait un tout autre dessein. Les eaux noires du canal s'écoulaient paisiblement. Philibert s'éloigna, enfourcha la moto qu'il avait garée à proximité et regagna sa tanière. Le lendemain, dès sept heures, il se rendit à Roissy et prit un avion pour New York.

Impossible de faire autrement : il avait un rendez-vous impératif chez son dentiste.

5

La décision ayant été prise à la suite du conseil de famille, il était inutile de différer. Petre Radescu contacta son vieil ami le professeur Antonin Dartival pour lui proposer de le rencontrer le 3 janvier 2008 au soir. Dartival revenait d'une semaine de vacances aux Seychelles avec son épouse et deux de ses petits-enfants. Il avait joué au grand-papa gâteau, savouré le soleil, s'était régalé de séances de snorkeling au milieu des récifs coralliens, mais n'avait cessé de se tourmenter l'esprit à propos de la curieuse lettre qui était parvenue à son secrétariat, à l'hôpital de la Salpêtrière, dix jours auparavant. Un message assez laconique.

> *Très cher ami,*
> *Je souhaiterais m'entretenir avec vous d'un problème qui me tient à cœur depuis bien longtemps. Accepteriez-vous de dîner en ma compagnie le 3/01/08 ?*
> *Merci de me confirmer par mail.*
> *petreradescu@club-internet.fr.*
> *Ou sur mon portable, 06 09 56 66 31.*
> *Votre dévoué.*
> *Petre*

Dartival avait répondu positivement à cette invitation qui l'avait plongé dans la plus extrême perplexité. Il connaissait Petre Radescu depuis la fin des années soixante. Alors qu'il était étudiant en médecine à la fac des Saints-Pères, ils s'étaient rencontrés au Caveau de la Huchette, le célèbre club de jazz situé dans la rue du même nom, une nuit du mois de mars 1966. À la suite des cours puis des interminables séances de travail en bibliothèque qui se poursuivaient jusque fort tard dans la soirée, Antonin Dartival, ses polycopiés sous le bras, remontait la rue Jacob, prenait celle de Buci puis la rue Saint-André-des-Arts et arrivait au carrefour Saint-Michel qu'il traversait pour gagner le Caveau.

Il y avait – il y a toujours – un bar au rez-de-chaussée, après quoi l'on descend une volée de marches pour gagner la salle ramifiée en plusieurs segments et aux voûtes garnies de pierre nue sous lesquelles se dressent des tables étroites. Le tout évoque une crypte d'inspiration religieuse, une manière d'église souterraine en miniature, le chœur servant de piste de danse tandis que l'orchestre trouve refuge au fond de l'abside... Ce lieu a accueilli la fine fleur de Saint-Germain-des-Prés après guerre et de nombreux clichés montrent des GI faisant virevolter leur partenaire au rythme du be-bop dans des postures furieusement acrobatiques. Les robes se retroussent jusqu'aux hanches, dévoilant bas et porte-jarretelles l'espace d'un court instant. Boris Vian, Juliette Gréco, pour ne citer qu'eux, ont fréquenté l'endroit. Willy Ronis y a baladé son Leica... Les orchestres qui s'y produisaient alors étaient plutôt sages, dixieland, new-orleans ou mainstream, les adeptes du free jazz naissant restant à l'écart de la programmation. Lionel Hampton, Count Basie, Sidney Bechet, Art Blakey, Bill Coleman s'y étaient livrés à des bœufs mémorables.

Et donc, un soir du mois de mars 1966, le jeune Antonin Dartival, la cervelle embrumée de physiologie, de neuroanatomie et de biologie moléculaire, s'était retrouvé assis au côté d'un curieux bonhomme, un septuagénaire à l'allure austère, de grande prestance, vêtu d'un smoking un rien défraîchi, et qui claquait des doigts pour suivre le tempo des solos de batterie, ou hochait la tête en cadence, les yeux mi-clos, quand le saxo lançait ses accords rauques. Très swing, le papy. Antonin battait des mains selon le même rythme. Son voisin jeta un œil intéressé sur ses polycopiés... Dartival était plutôt beau gosse, charmeur, avec un visage poupin, des cheveux bruns bouclés, et un petit air de gendre idéal dont il avait déjà pu vérifier l'efficacité dans les dîners en ville. Les belles-mamans potentielles se pâmaient devant lui, frétillaient pour s'attirer ses grâces jusqu'à en frôler l'indécence.

Antonin et Petre se revirent à de nombreuses reprises, tout d'abord sans échanger le moindre mot, puis, l'habitude aidant, ils lièrent connaissance. Radescu prétendit être un homme d'affaires roumain que la victoire des communistes avait contraint à l'exil en 1945. Depuis l'accession au pouvoir du leader stalinien Gheorghe Gheorghiu-Dej, il avait, selon ses dires, abondamment parcouru le monde et goûtait à présent une retraite paisible. Le sinistre Ceaucescu avait succédé à Gheorghiu-Dej, et rien ne changeait dans sa patrie d'origine. Sans qu'Antonin eût pu préciser la raison de son trouble, il était captivé par le bonhomme qui exerçait sur lui une véritable fascination. Il ne croyait pas un seul mot de la prétendue biographie de ce Radescu et flairait plutôt un destin d'aventurier hors normes. Il l'imaginait volontiers en escroc aux talents prodigieux, ou en séducteur implacable qui avait plié sous son joug quelques riches héritières pour les amener à lui léguer toute leur fortune jusqu'au moindre maravédis, voire en espion pervers, agent double et même triple, un maître du Grand Jeu, évoluant de Moscou à Washington avec valise à double fond et tout l'arsenal d'armes secrètes afférent... L'aura de mystère qui émanait de Petre Radescu autorisait les hypothèses les plus rocambolesques et celui-ci ne se donnait pas trop de peine pour démentir cette intuition. Dès que son jeune ami cherchait à percer le secret de son passé, il se contentait de hausser les épaules d'un air entendu. Businessman roumain, c'était là la version officielle, inutile de chercher à en savoir plus...

Une, deux fois par semaine, ils se retrouvaient au Caveau de la Huchette, parlaient jazz avec enthousiasme, commentaient les performances de l'orchestre qui passait ce soir-là et s'échangeaient des disques vinyle. Petre Radescu traitait ses trésors avec un soin maniaque, protégeant leur pochette d'une housse de plastique, alors qu'Antonin dédaignait les siens et les laissait s'esquinter à force de les prêter à droite à gauche. Une négligence de gosse de riche. Les deux compères partageaient la même passion pour Ornette Coleman, Coltrane, Archie Shepp, Roy Haynes, Charlie Mingus, Dizzy Gillespie, et bien entendu le sublimissime Miles Davis...

Quand ils quittaient ensemble le Caveau, ils passaient devant le Styx, un cinéma qui le jouxtait. Une salle spécialisée dans les films d'épouvante. On y jouait quantité de nanars, mais aussi parfois des chefs-d'œuvre du genre, tels que *Freaks*, de Tod Browning, ou le *Nosferatu* de Murnau. Antonin était un habitué des lieux. Le fond de la salle était orné d'une rangée de cercueils dressés à la verticale dans lesquels grimaçaient des cadavres en plastique, des squelettes enrobés de toiles d'araignées et autres babioles du même acabit. Dès que l'écran s'illuminait pour le générique, de petits spots discrets continuaient d'éclairer cet attirail digne d'un train-fantôme. Le Styx ! Un plan de drague d'une efficacité inouïe ! Avant de s'inscrire en médecine rue des Saints-Pères, Antonin avait fréquenté le lycée Charlemagne, dans le Marais, sur l'autre rive de la Seine. Il avait entraîné dans cette salle obscure nombre de donzelles des lycées de filles voisins, Sophie-Germain ou Victor-Hugo, qui se réfugiaient contre sa poitrine en émettant de petits gloussements effarouchés au moment où le vampire se rue sur sa proie pour lui mordre le cou.

Il suffisait alors de serrer la petite dans ses bras, de glisser une main dans son corsage, voire sous sa jupe, pour une caresse qu'il eût été impossible d'oser en d'autres circonstances, et hop, l'affaire était dans le sac. Antonin était redevable de bien des conquêtes à ce bon vieux Dracula, à son complice Frankenstein et à leurs multiples épigones. Pouffant de rire, il s'en était ouvert à Radescu, en exagérant quelque peu ses exploits d'apprenti Casanova. Petre l'avait gentiment félicité, de sa voix onctueuse et grave, augmentée d'une pointe d'accent *mitteleuropa*, roulant discrètement les *r* et distordant les phrases de son accent tonique décalé.

Bien après le départ du dernier métro, ils traversaient la Seine, passaient devant Notre-Dame et se quittaient près de l'Hôtel de Ville après s'être longuement serré la main, Antonin rejoignant le studio que lui avaient offert ses parents rue Saint-Paul, tandis que Petre Radescu remontait paisiblement la rue du Temple vers une destination inconnue. Par pudeur, jamais Antonin ne s'était risqué à lui demander où il résidait, s'il vivait seul, et, dans le cas contraire, qui partageait sa vie... Il avait toujours pressenti, confusément, qu'il fallait respecter la part de mystère dont ce vieil homme s'entourait, sous peine de rompre le charme. Pourtant pétri d'un rationalisme à tous crins, le jeune Dartival se demandait parfois si Radescu n'était pas un personnage encore plus énigmatique que les esquisses de biographies qu'il lui avait prêtées ne le laissaient supposer...

À ce propos, une nuit de l'hiver 1967, alors qu'ils avaient longuement évoqué la musique du Bird – Charlie Parker, que Petre avait eu le privilège d'écouter *live* au Village Vanguard –, Antonin avait été le témoin d'une scène des plus troublantes. Tandis que Radescu s'éloignait selon son itinéraire coutumier, seul, raide dans son smoking au beau milieu de la rue du Temple, déserte, tapissée de neige, et qu'Antonin l'observait de loin, deux malfrats l'avaient agressé. L'un d'eux brandissait un couteau, l'autre une matraque. Aucun doute n'était possible, même à la faible lumière des réverbères.

Antonin s'était précipité pour voler au secours de son ami. Bouleversé à l'idée que ces deux petites frappes ne fassent qu'une bouchée du vieillard, bien en peine de se défendre, il en avait laissé choir ses sacro-saints polycopiés dans le caniveau. Mais, avant qu'il n'ait eu le temps de se ruer à la rescousse, il vit Petre se tirer d'affaire, seul et sans encombre. D'une simple chiquenaude, d'un revers nonchalant du droit, d'un direct presque anodin du gauche, sans qu'apparemment cela lui coûtât le moindre effort, il expédia ses tortionnaires contre la carrosserie d'un camion garé à proximité. Et mieux encore, alors que son complice était définitivement sonné, l'un des lascars fit mine de revenir à l'assaut. Radescu le saisit alors à bras-le-corps, le souleva par-dessus sa tête et le propulsa contre... une borne d'appel de la police, un de ces édicules de fonte jadis disposés au coin de la rue, aujourd'hui disparus et qui permettaient d'alerter le commissariat le plus proche après avoir actionné un bouton-poussoir.

Antonin stoppa net sa course en manquant de déraper sur le tapis de neige à moitié fondue. Il y eut un bruit affreux que sa jeune oreille médicale ne tarda pas à diagnostiquer : rupture osseuse d'une étendue considérable. Un véritable fracas. Le type râlait, vautré sur le macadam, agité de soubresauts spasmodiques. Radescu avait disparu, comme évaporé. Antonin hésita un instant et franchit les quelques mètres qui le séparaient du blessé. Il s'agenouilla, lui prit le pouls. Il n'y avait plus grand-chose à faire. Antonin actionna le bouton-poussoir de la borne. Quelques instants plus tard, une patrouille de képis qui passait non loin de là à bord d'un Tube Citroën, autre vieillerie remisée au magasin des oubliettes, se porta au secours des éclopés. Antonin fut invité à monter à bord en qualité de témoin. Arrivé à l'Hôtel-Dieu voisin, il mentit comme un arracheur de dents en jurant qu'il n'avait rien vu mais simplement entendu des cris. On le crut sans problème. Les deux agresseurs étaient décédés. Le premier d'un enfoncement massif de la boîte crânienne, l'encéphale réduit en purée, le second d'un éclatement du rachis sur toute sa longueur, de l'axis jusqu'au sacrum. L'interne de garde, sidéré, montra les radiographies à son jeune confrère. Elles étaient plus qu'éloquentes.

– Vise un peu, j'ai jamais rien vu de pareil, marmonna-t-il. Ces gars ont dû être percutés par un bulldozer !

Antonin hocha la tête, approbatif. Enfin rentré chez lui fort tard dans la nuit, il ne parvint pas à trouver le sommeil. Il avait pas mal picolé au Caveau de la Huchette, s'enfilant scotch sur scotch, certes, mais, tout de même, il n'avait pas rêvé !

*

> *Très cher ami,*
> *Je souhaiterais m'entretenir avec vous d'un problème qui me tient à cœur depuis bien longtemps. Accepteriez-vous de dîner en ma compagnie le 3/01/08 ?*
> *Merci de me confirmer par mail.*
> *petreradescu@club-internet.fr.*
> *Ou sur mon portable, 06 09 56 66 31.*
> *Votre dévoué.*
> *Petre*

En posant le pied sur le tarmac de l'aéroport de Roissy, ce 3 janvier, Antonin Dartival était en proie à des sentiments contradictoires. Il sentait que le mystère Radescu, vieux de près de quatre décennies, allait enfin s'éclaircir, ce qu'il souhaitait ardemment, mais il redoutait l'issue de ce rendez-vous, et ce, pour de multiples raisons…

En ce début d'année 2008, il était plus que temps de dresser le bilan. Depuis leur première rencontre dans le club de jazz, en 1966, Antonin et Petre n'avaient jamais cessé de se voir. Toujours au même endroit, quasiment à la même heure. Une ou deux fois par semaine. Année après année. Ils se séparaient avec la même poignée de main rituelle au coin de la rue de Rivoli, Antonin rejoignant le vaste appartement qu'il occupait désormais, toujours en plein cœur du Marais, place du Marché-Sainte-Catherine, tandis que Petre s'éloignait le long de la rue du Temple... Le fougueux Antonin était devenu un sexagénaire bedonnant et atteint de calvitie, tandis que Petre Radescu semblait avoir franchi le cap des ans sans plus de dommage, semblable à lui-même, comme lors de leur première rencontre.

*

Antonin Dartival avait passé avec succès le concours de l'internat durant la turbulente année 68 ; il fut même reçu parmi les vingt premiers. Le Caveau de la Huchette avait dû fermer ses portes pendant les nuits des barricades et celles qui avaient suivi, puis le jeune lauréat s'était accordé de longues vacances, si bien qu'il ne retrouva son vieil ami Radescu, toujours fidèle au poste, qu'à la rentrée universitaire, au début de l'automne. La tourmente gauchiste avait quelque peu bousculé Antonin, qui fréquenta plusieurs semaines durant les comités d'action mais se tint finalement à l'écart de l'agitation, décidé à ne consacrer son énergie qu'à sa future carrière hospitalière. Ce qui ne pouvait que satisfaire Petre, chassé de son pays natal par la canaille bolchevique. Il félicita Antonin pour cette sage décision.

*

Une nuit de l'automne 1971, alors qu'ils traversaient ensemble la Seine, quasi bras dessus, bras dessous à leur sortie du Caveau de la Huchette, Petre avait demandé à Antonin quelle spécialité il allait choisir à l'issue de son internat. Le jeune homme hésitait. La chirurgie l'attirait beaucoup… Petre haussa dédaigneusement les épaules. Allons bon ! La chirurgie ! Une discipline de champ de bataille ! Un travail manuel des plus répugnants !

– Songez, mon jeune ami, qu'on a retrouvé des traces de trépanation sur des momies de la plus haute antiquité ! Alors qu'y a-t-il de nouveau, de prometteur, dans ces manipulations tout juste dignes d'un chaman néandertalien !

Au fil de sa tirade, la voix de Radescu avait presque enflé jusqu'à la colère.

– Les greffes cardiaques, ça me semble pourtant assez élégant ! protesta timidement Antonin.

La performance récente du professeur Barnard était encore dans toutes les mémoires. Ce qui ne suffit pas à convaincre Radescu.

– De la vulgaire plomberie ! Vous méritez mieux ! L'hématologie, Antonin ! reprit-il d'un ton plus adouci. L'hématologie ! Voilà la véritable discipline d'avenir, croyez-moi ! Percer le mystère des échanges moléculaires entre hématies, plaquettes et leucocytes, c'est un tout autre défi ! Il s'agit de tout autre chose que d'ouvrir des clapets et de fermer des valves à coups de scalpel, laissez cela aux besogneux ! L'hématologie, vous dis-je ! Dans les décennies qui viennent, on fera de grands pas dans cette voie ! De jeunes chercheurs, tels que vous, ont tout à espérer. La satisfaction de soulager leur prochain, certes, mais aussi la gloire... Réfléchissez-y !

Il improvisa un long exposé qui laissa le jeune Dartival pantois. Pour une fois, ils ne se séparèrent pas à l'endroit habituel mais poursuivirent leur chemin jusqu'à l'île Saint-Louis pour prendre place sur un banc, côte à côte. Les quais étaient déserts et les eaux noires de la Seine s'écoulaient sous le clair de lune. Petre déversait un flot de paroles que rien ne semblait pouvoir arrêter. Il évoquait tantôt la cytologie sanguine et médullaire, passait ensuite au granulogramme des leucocytes neutrophiles, se révélait intarissable sur les processus de l'hémostase, détaillait en vrac le fonctionnement du thromboélastographe, la fabrication du sérum antilymphocitaire afin d'obtenir les immunoglobulines actives, le calcul des constantes érythocytaires, la plasmaphérèse, les évolutions potentielles de la cytogénétique, la mise au point de la chlorodéoxyadénosine, etc., etc.

Antonin écoutait, pétrifié, secouant la tête, incrédule. À certains moments, il éprouvait même quelques difficultés à suivre. Le discours de Petre Radescu sautait du coq à l'âne, empruntant des raccourcis, des chemins de traverse, pour en revenir toujours au cœur du problème : le sang, le fluide vital et ses infinis mystères... Ce n'était nullement un discours comparable à ceux que le jeune homme avait l'habitude d'écouter dans les amphithéâtres ou de parcourir dans les ouvrages de référence. Petre Radescu semblait détenir un savoir d'une étendue considérable, pour ne pas dire encyclopédique, mais c'était là un savoir touffu, brouillon, qui souffrait d'un manque de structuration réelle, profonde, comme si on avait bâti un mur de briques sur une dune de sable battue par les vents, sans souci des fondations. Une érudition d'autodidacte. De solides connaissances, des intuitions aiguës, certes, mais l'ensemble se révélait bancal. Radescu redoublait d'éloquence, ne reculant pas devant l'emphase, comme pour combler ce manque qu'il venait de dévoiler. Une faille dans sa cuirasse.

Il continua de discourir. Antonin fixait son visage couturé de rides, animé d'une passion fébrile pour le sujet qui le hantait. Il en fut profondément ému. Pour la première fois, Petre se livrait, ouvrait une des portes secrètes qui menait à sa personnalité réelle. Les hypothèses qui avaient jadis germé dans la cervelle d'Antonin s'effondraient de facto les unes après les autres. Non, Radescu n'était pas un escroc déchu ou un espion à la retraite, encore moins un ex-gigolo ayant bâti sa fortune en s'accaparant les dots des pucelles de la bonne société avant que de filer à l'anglaise… Mais alors qui était-il ?

Mettant soudainement fin à son exposé, Petre se leva du banc sur lequel ils avaient pris place. Antonin l'imita. Ils se firent face. Petre posa ses mains sur les épaules du jeune homme, et le fixa droit dans les yeux. Son regard étincelait sous la lueur de la pleine lune. Peu à peu, Antonin se sentit subjugué par une force contre laquelle il lui était impossible de lutter. Il n'avait jamais rien éprouvé de pareil. Il eut l'impression que Petre avait pénétré dans les tréfonds de son esprit, comme on ouvre un livre, et qu'il en feuilletait les pages, une à une, y vagabondant à sa guise. Son enfance, sa vie de jeune adulte, les petites lâchetés qui avaient commencé à la parsemer, l'ambition qui le dévorait et, consubstantiellement, sa crainte maladive de l'échec, son orgueil qui le poussait fréquemment à la faute, ses prétentions de matamore pour assouvir sa boulimie de conquêtes féminines, rien, absolument rien n'échappait aux yeux perçants de Petre Radescu. Antonin se sentit mis à nu, dépouillé de toute défense, totalement incapable de résister à cet intrus qui s'immisçait jusque dans les moindres recoins de son âme. Ce n'était pas une sensation désagréable, bien au contraire. Un engourdissement, comparable à une anesthésie, qui engendrait un abandon quasi voluptueux. Antonin avait déjà effectué quelques incursions en salle d'opération et avait vu les patients s'abandonner ainsi, le sourire aux lèvres, avant que leur regard ne chavire vers le néant sous l'effet des drogues soporifiques.

Et puis brusquement, le sortilège prit fin. Antonin tressaillit des pieds à la tête, agité de tremblements. Radescu avait disparu.

– Eh, *gadjo*, ça va ? *Gadjo*, réveille-toi !

Dartival se frotta les yeux. Il titubait au bord du quai, et il s'en fallut de quelques centimètres à peine avant qu'il ne basculât dans le fleuve. Une poigne ferme lui agrippa soudain le coude et le força à se retourner. Devant lui se dressait la haute stature d'un homme vêtu de curieuse manière. Costume rapiécé, chapeau de feutre cabossé, bas du pantalon retroussé sur les chevilles et dévoilant des chaussures sans nom, trogne de flibustier, le tout à l'avenant, Antonin n'avait croisé ce genre d'individus que fort rarement, aux Puces de Saint-Ouen où son père l'avait emmené durant son enfance, aux abords de stations de métro où leurs compagnes proposaient aux passants de leur dire la bonne aventure, voire à l'hôpital, durant des nuits de garde aux urgences, où certains de leurs congénères aboutissaient en bien piteux état à la suite de bagarres au poignard... Un Gitan ? Égaré à la pointe de l'île Saint-Louis, à près de deux heures du matin ? Mais où avait donc déguerpi Petre ? Antonin ne se souvenait de rien de bien précis. La soirée habituelle passée au Caveau de la Huchette, certes. Mais encore ? Une brume poisseuse obscurcissait sa mémoire.

– Viens, *gadjo*, viens, je te raccompagne !

Ce n'était pas une proposition, mais un ordre. Antonin ne chercha pas à résister. L'inconnu lui enserrait toujours le coude, avec fermeté.

– Merci, monsieur, mais vous me raccompagnez *où* ? parvint-il à balbutier dans un ultime sursaut de méfiance.

– Où ? Mais chez toi, *gadjo* !

Le Gitan surgi de nulle part lui fit remonter le quai de la Tournelle, le reconduisit rue Saint-Paul et l'abandonna sans un mot devant le porche de l'immeuble. Comme s'il n'avait été qu'une marionnette dont on actionnait encore les fils, Antonin gravit les marches des deux étages qui menaient à son studio. Le Gitan s'était éclipsé.

Antonin s'affala dans un fauteuil, les tempes comprimées par une migraine titanesque. Il avala deux cachets d'aspirine et enfouit sa tête sous un oreiller.

*

> *Très cher ami,*
> *Je souhaiterais m'entretenir avec vous d'un problème qui me tient à cœur depuis bien longtemps.*
> *Accepteriez-vous de dîner en ma compagnie le 3/01/08 ?*
> *Merci de me confirmer par mail.*
> *petreradescu@club-internet.fr.*
> *Ou sur mon portable, 06 09 56 66 31.*
> *Votre dévoué.*
> *Petre*

À la fin de son internat, Antonin Dartival avait opté pour l'hématologie. Plus de trente ans plus tard, il était devenu une sommité internationalement reconnue dans ce domaine. Petre Radescu l'avait accompagné, pas à pas, dans ce parcours remarquable. À chacune de leurs rencontres au Caveau de la Huchette, il lui soumettait quelques notes, griffonnées sur un grossier carnet dont il déchirait les pages avant de les enfouir dans une des poches de la veste d'Antonin. Peu à peu, il s'enhardit jusqu'à lui rendre visite à l'hôpital, toujours très tard le soir, à l'occasion des interminables nuits de veille lors desquelles Antonin surveillait les résultats des expériences en cours dans son service.

Les notes de Radescu s'avérèrent à plusieurs reprises explosives. Elles contenaient des pistes de recherche d'une pertinence stupéfiante. Ce fut grâce à lui que Dartival participa, avec d'autres équipes, à la mise en évidence du syndrome 5q, dénommé ainsi selon l'anomalie caryotypique qui le caractérisait… De même pour une nouvelle stratégie de chimiothérapie au moyen de substances lysosomotropes. Au milieu des années soixante-dix, les premières greffes de moelle virent le jour. Antonin gardait en mémoire une fillette d'une douzaine d'années arrivée en aplasie médullaire sévère. Au bout de trois semaines émaillées d'hémorragies et d'épisodes infectieux, elle semblait condamnée. Radescu encouragea Antonin à ne pas désespérer et lui suggéra la solution. La petite n'avait-elle pas un frère compatible HLA ? Était-il possible de tenter la greffe ? Oui ? Alors qu'est-ce que Dartival attendait ? Administration de cyclophosphamide sans irradiation et la suite… Antonin ne disposait que de méthotraxate en tant qu'immunosuppresseur. Radescu venait toutes les nuits. La patiente descendit tout d'abord jusqu'à une leucocytose de cent globules blancs.

– Gardez confiance ! assura Radescu. Les premiers signes de la reprise de l'hématopoïèse vont se manifester, je vous le garantis…

Il avait raison. Trois semaines plus tard apparurent les précurseurs granulocytaires dans le sang périphérique, et, au bout de six semaines, le contrôle médullaire révélait une moelle riche et normale.

– J'avais donc raison, murmura modestement Radescu, alors que le jour commençait à poindre.

Antonin le vit quitter les couloirs de l'hôpital de son pas à la fois raide et nonchalant.

*

Ce soir du 3 janvier 2008, alors que ses pas le portaient au rendez-vous, la mémoire d'Antonin était assaillie par tous ces souvenirs qui montaient à l'assaut en bataillons serrés. À maintes reprises, il avait imaginé se défaire de la mainmise que Radescu avait exercée sur lui durant toute son existence, mais ce ne furent que des accès de velléité sans conséquences. Depuis le fameux soir de l'automne 71 où Petre l'avait abandonné sur le quai de la pointe de l'île Saint-Louis en proie au plus profond des malaises, Antonin n'était jamais parvenu à échapper à son mentor, subjugué par ce qu'il aurait pu nommer l'autorité, voire le charisme du personnage, mais qui relevait en vérité d'une tout autre alchimie mentale, irréfragable.

Et, comme pour tourner le fer dans une vieille plaie qui ne demandait qu'à se rouvrir, en ce début de l'année 2008, Radescu l'avait convoqué – quelle autre expression employer ? – au restaurant de la Tour d'Argent, voisin de l'île Saint-Louis. N'importe qui d'autre eût été flatté d'une invitation dans un tel endroit. Le professeur agrégé de médecine Antonin Dartival n'en menait pourtant pas large quand il pénétra dans le hall de l'établissement. L'hôtesse du vestiaire – bien roulée, la petite – le défit de son manteau, de son écharpe, et l'invita à le suivre dans la salle située à l'étage. Une merveille. La baie vitrée surplombait la Seine et offrait une vue panoramique sur les tours illuminées de Notre-Dame et les bateaux-mouches qui sillonnaient le fleuve. Radescu attendait, apparemment fort détendu, à l'une des meilleures tables, reculée et protégée du voisinage par un paravent. Antonin Dartival l'y rejoignit, d'une démarche cahotante. Son arthrose lombaire lui donnait bien du fil à retordre et de plus, le matin même, une crise d'hémorroïdes était venue lui pourrir sa journée. Depuis des mois il différait l'opération, mais un confrère proctologue l'avait averti de son inéluctabilité. La poisse.

Petre était égal à lui-même, insensible aux blessures du temps, toujours aussi pâle, toujours aussi émacié, son grand corps rectiligne sec comme du bois mort, en apparence fragile à l'instar des vieillards de son âge, mais – Antonin le savait – robuste comme celui d'un haltérophile. Toujours vêtu de son smoking, le col de sa chemise orné d'un nœud papillon couleur lie-de-vin. Ses longues mains déployées sur la nappe, doigts écartés.

*

Les deux hommes dînèrent, se livrèrent à quelques mondanités sans importance qu'il serait superflu de relater. Ils en avaient pris l'habitude, depuis tant d'années. Le maître d'hôtel leur avait proposé sa carte. Pour se mettre en bouche, ils avaient goûté le caviar osciètre d'Iran, puis Antonin avait opté pour le homard bleu grillé sur mousseline de cocos de Paimpol et sauce diable au beurre de thym, tandis que Petre avait jeté son dévolu sur la saint-jacques de Lauzun en coque lutée, avant le dessert, un millefeuille aux figues de Solliès épicées. Pour accompagner de tels mets, une bouteille de Dom Ruinart s'imposait. Au fil des ans, les papilles gustatives d'Antonin Dartival s'étaient aguerries, affinées, elles étaient devenues exigeantes ; il était décidément bien loin le temps des hot-dogs gorgés de moutarde vite avalés à la devanture d'un boui-boui du Boul'Mich'... Et pourtant, au moment où le maître d'hôtel leur servit un café accompagné d'un verre de cognac hors d'âge Château de Montifaud, Antonin en vint à les regretter ces sandwichs baveux, luisants de graisse, qu'il engloutissait entre deux cours... Sa vie s'était écoulée à toute vitesse. Son épouse, Mireille, lui avait donné deux garçons, qui, au grand regret de leur géniteur, s'étaient détournés de la médecine pour se consacrer aux business via des écoles de commerce, une véritable pitié, et qui à leur tour avaient engendré quatre petits qu'Antonin regardait grandir avec un étonnement mêlé de crainte ; la crèche, l'école maternelle, le collège, autant de bornes, de repères qui le menaient tout doucement vers le cimetière.

Antonin commençait à siroter son verre de cognac quand Petre Radescu se décida enfin à en venir au *problème qui lui tenait tant à cœur*.

– Cher Antonin, êtes-vous prêt à m'entendre ? demanda-t-il.

Dartival haussa les épaules, d'un air faussement détaché, comme s'il se fût agi d'une évidence. Il avait déjà écouté Radescu de longues heures depuis qu'ils avaient fait connaissance... Il s'attendait à des confidences sur sa santé, sa mort prochaine, sans doute, puisque Petre devait désormais atteindre les... les... ??? Antonin avait renoncé à compter. Sa longévité semblait un véritable défi au bon sens. Lui-même avait traversé près d'un demi-siècle depuis leur première rencontre et son corps fatigué commençait à lui jouer des tours.

– Ce que j'ai à vous dire ce soir va vous surprendre, murmura Petre. Sachez que je vais vous révéler l'exacte vérité me concernant. Bien que vous ne m'ayez jamais questionné, et je vous en sais gré, vous avez dû échafauder une multitude d'hypothèses, votre imagination a dû travailler, sans trouver une réponse plausible, n'est-ce pas ?

Le cœur battant la chamade, Antonin confirma d'un simple hochement de tête. On leur proposa un nouveau verre de cognac. Autant ne pas refuser.

– Je ne vous mentirai pas, poursuivit Petre. J'aurais pu vous avouer la vérité il y a déjà bien longtemps, mais, comment vous dire, l'heure n'était pas encore venue. La situation a aujourd'hui atteint un point de... de maturité qui m'autorise ou plutôt me contraint à certaines confidences. J'exige le respect absolu du secret qui va désormais nous lier. M'avez-vous bien compris ?

Antonin hocha la tête, approbatif.

– Bien, reprit Petre, alors écoutez, sagement, balayez tous les préjugés auxquels vous ne manquerez pas de faire appel d'ici une minute, faites taire votre incrédulité, et surtout, surtout, épargnez-moi vos éventuels sarcasmes, ainsi nous gagnerons un temps précieux. Me le promettez-vous ?

Antonin promit. Les convives qui occupaient les tables voisines s'étaient dispersés. Il faisait face, seul à seul, au vieillard dont les traits se détendirent. Une étrange douceur avait soudain envahi le visage de Petre, comme si le fait de se décharger de son fardeau le soulageait d'une grande souffrance.

– Antonin... je... je suis un vampire. Enfin, une de ces créatures qu'on désigne sous ce nom, dans toutes les cultures, toutes les civilisations, depuis l'aube de l'humanité. Un vampire, vous avez bien compris ?

Dartival ne put retenir un sourire narquois. Il s'attendait à bien des surprises, mais certainement pas à celle-là.

– Je vous en supplie, oubliez toutes vos certitudes cartésiennes, insista Petre, c'est au médecin, à l'homme de science, que je m'adresse. Un vampire. Soyez rassuré, je ne vais pas me transformer en chauve-souris pour m'enfuir de cette salle en traversant la Seine à grands battements d'ailes... ni me précipiter sur vous pour vous mordre la carotide et sucer votre sang ! Je me dois de préciser que je ne dors pas dans un cercueil, mais dans un lit, comme tout le monde ! Vous voyez, je reste fréquentable !

Antonin secoua la tête, décidément incrédule. Ben voyons ! Certes Radescu était un personnage qui savait cultiver le mystère, mais jamais au grand jamais il ne l'aurait cru mythomane. Après l'avoir côtoyé quarante ans durant, il aurait pu le jurer. Un misérable fou, obsédé par le sang, au point d'avoir accumulé des connaissances phénoménales, tout cela pour en arriver à cette conclusion somme toute misérable ?

– Antonin, il est évident que vous ne me croyez pas et, après tout, c'est bien normal. Faites appel à vos souvenirs. Vous me devez tout, absolument tout. C'est moi qui vous ai persuadé de vous diriger vers l'hématologie, c'est moi qui vous ai fourni toutes les pistes de recherche qui vous ont tant réussi. Sans moi, vous ne seriez rien. Je vous ai façonné, patiemment, pour servir le dessein qui m'obsède. Le temps ne comptait pas. D'ailleurs il est inutile d'invoquer le temps, il n'a absolument pas la même valeur pour vous et moi. C'est incommensurable. Si je n'étais pas intervenu dans votre… destin, vous ne seriez rien, rien qu'un petit chirurgien sans envergure, puisque c'est ainsi que vous aviez envisagé votre carrière. Vous auriez bricolé des aortes, effectué quelques pontages coronariens, voire greffé quelques cœurs avec succès… et alors ? Souvenez-vous !

C'étaient là de fort cruelles paroles qu'Antonin encaissa, tel un boxeur sonné par un uppercut. Il avait toujours eu l'intuition, confuse, qu'un jour ou l'autre il y aurait un prix à payer. Le moment était venu. Les épaules courbées, Radescu avait asséné sa tirade à voix basse, d'un ton doucereux où perçait presque une pointe de menace. Il se redressa soudain, cala son torse contre le dossier de sa chaise. Ses lèvres se retroussèrent alors dans un sourire qui, en d'autres circonstances, eût pu sembler sarcastique. Les yeux écarquillés, le professeur agrégé de médecine Antonin Dartival vit alors saillir deux canines protubérantes, pareilles à des crocs de loup. Le sourire s'estompa aussitôt. Les mains d'Antonin tremblaient, non sous l'effet de la peur mais bien de la stupéfaction.

– Laissez-moi vous expliquer ce qu'il en est réellement, reprit Radescu. Mais, pour cela, il faut emprunter un petit détour. Vous avez à coup sûr entendu parler de la progéria... le syndrome de Hutchinson-Gilford !

Antonin acquiesça. Il n'était certes pas un spécialiste de la question.

– Une maladie horrible, murmura Petre. Génétique. Rarissime. Qui frappe un enfant sur quatre à huit millions. Calvitie, vieillissement cutané, nanisme, macrocéphalie en sont les caractéristiques les plus évidentes. Ces pauvres petits vieillissent à toute allure, et, à l'âge de dix ans, souffrent d'affections ordinairement liées à la vieillesse, raideur des articulations, dislocation de la hanche, problèmes cardio-vasculaires massifs et athérosclérose. Ils meurent en moyenne à l'âge de treize ans. De pathologies d'octogénaires. Aucun traitement ne peut les sauver ni même à ce jour ralentir le processus. Vous n'ignorez pas qu'on a récemment identifié le gène responsable de ce désastre ? Le LMNA, qui contient le plan architectural de deux protéines, la lamine A et la lamine C. Avec la lamine B, ces deux protéines fibrillaires tissent une sorte de toile qui tapisse l'intérieur de la membrane entourant le noyau cellulaire...

Antonin eut l'impression d'être revenu quarante ans en arrière, à l'instant où Radescu lui avait asséné son premier cours d'hématologie, sur le banc de la pointe de l'île Saint-Louis. Le ton était aussi mesuré, mais aussi péremptoire. Il contempla le fleuve, les bateaux-mouches qui le sillonnaient paresseusement, les couples d'amoureux que l'on pouvait apercevoir au loin et qui se bécotaient avec fougue, indifférents à la froidure. Radescu claqua des doigts pour le tirer de sa rêverie. Qui n'était qu'apparente. À sa grande stupeur, Dartival commençait à entrevoir que son interlocuteur n'était peut-être pas un vulgaire mythomane.

– Vous me suivez parfaitement... poursuivit Petre. J'en reviens au gène LMNA : au cours de la mitose, la membrane disparaît, permettant au noyau de se scinder en deux. Lorsqu'une nouvelle membrane se forme autour des deux noyaux, les lamines recréent une toile pour en tapisser l'intérieur. Dans le cas de lamines défectueuses, la division cellulaire se produit incorrectement, et les cellules meurent prématurément, entravant la capacité de régénération tissulaire. Exact ?

– Voilà un raccourci un peu rapide, mais juste sur l'essentiel ! concéda Antonin.

– Je vais au plus bref. On a étudié les séquences ADN des gènes LMNA chez des patients souffrant de progéria. On a trouvé une anomalie, la substitution d'une base de l'ADN dans un segment appelé exon 11. Les exons sont des segments d'ADN contenant les informations nécessaires à la production d'une protéine donnée. Ils sont intercalés dans le gène avec des segments appelés...

– Introns... confirma Antonin. Avant qu'une molécule messagère ne puisse transporter une copie des instructions génétiques jusqu'à la... « fabrique » de protéines d'une cellule, un dispositif d'excision élimine les introns de la molécule qui ne livre donc qu'une chaîne d'exons...

– La mutation du LMNA semble entraver le mécanisme de l'excision, avec pour résultat l'ablation de l'extrémité de l'exon 11. Et le processus se poursuit, par une production de lamines A anormales, bien que les lamines C ne soient pas affectées... nous nous sommes bien compris, conclut Petre.

Une nouvelle fois, un sourire carnassier dévoila ses monstrueuses incisives, avant de s'effacer.

– Je ne vois pas très bien où vous voulez en venir... bredouilla Antonin.

– Allons, allons, mon cher, durant toutes ces années où j'ai guidé vos pas, vous avez souvent fait preuve d'intuition, d'imagination, il faut toujours une touche de génie, d'audace pour progresser dans un domaine scientifique... Il arrive fatalement un moment où il convient de laisser ses certitudes au vestiaire et de se lancer dans l'inconnu. Combien d'avancées de première importance doit-on à des rêveurs, des marginaux qui se sont égarés hors des sentiers battus, ne faisant confiance qu'à leur bonne étoile ? Mais, sur le fond, tel n'est pas mon propos. Je vous suggère une équation, une équation très simple : cher ami, admettez que si la nature, dans son extrême cruauté, dans son infinie perversité, a su imaginer une maladie aussi atroce que la progéria, cette pathologie du vieillissement accéléré, pourquoi n'aurait-elle pas inventé son exact contraire ?

– Un vieillissement au… au… ralenti… ? suggéra faiblement Antonin.

– Je vous félicite pour votre grande sagacité ! s'écria ironiquement Petre. Venez, nous allons faire quelques pas ensemble.

– Un vieillissement au ralenti… ? Ça n'a pas de sens ! s'entêta Antonin.

– Oh que si… faites-moi confiance !

Il l'entraîna hors de la salle. Ils récupérèrent manteaux et écharpes auprès de l'hôtesse d'accueil – décidément bien roulée, cette petite – puis descendirent sur le quai de la Tournelle, pour se diriger vers la pointe de l'île Saint-Louis. Radescu sortit un étui à cigares de la veste de son smoking, en offrit un à son compagnon et lui proposa son briquet.

– Je vais sans doute voir surgir un Gitan ? demanda Antonin, d'un ton qu'il eût voulu ironique mais qui sonna totalement faux.

– Ah ? Vous vous souvenez ? Dans certaines circonstances, il arrive effectivement que je fasse appel à certains amis…

Ils marchèrent d'un pas lent, le long du quai. Petre saisit le bras d'Antonin dans un geste où se mêlaient l'autorité et une bienveillance sincère.

– Cette antithèse exacte de la progéria, vieillissement au ralenti contre vieillissement accéléré, voilà la maladie dont je souffre, mon cher ! reprit-il. Car c'en est une. Une maladie aussi rare, qui ne touche qu'un ou deux individus sur des millions. Le vampirisme, appelons-la ainsi, faute de mieux. Vous allez encore me prendre pour un affabulateur, mais je dois vous dire que je suis né le 17 octobre 1708. Et je pense avoir encore un bon demi-siècle à vivre… d'ici là, selon la norme statistique, vous aurez vous-même disparu ! Je viendrai me recueillir sur votre tombe avec un ghetto-blaster et je vous passerai *I'll Remember April* en boucle pour célébrer votre mémoire. À moins que vous ne préfériez *My Funny Valentine* ?

– Petre, je ne vous prends pas pour un fou, mais comprenez-moi, il me faudrait quelques autres éléments pour accepter que ces… ces croyances obscurantistes puissent avoir quelque fondement !

– Je vous les fournirai, soyez-en assuré ! Le vampirisme, donc. Nous vivons longtemps, très longtemps. Très, très longtemps. Et c'est d'un ennui à mourir, vous pouvez m'en croire ! Nous passons notre vie à tuer le temps, à le maudire. Si un enfant atteint de progéria meurt à treize ans, alors qu'un humain en bonne santé peut, dans nos sociétés occidentales modernes, atteindre soixante-quinze ans, soit un rapport de 1 à 5, effectuez l'opération en sens inverse et vous comprendrez : le vampire lambda bénéficie d'une espérance de vie de trois cent soixante-quinze ans… Bien évidemment, le cancer, l'infarctus, l'hépatite, la sclérose en plaques, bref, tout ce que vous pouvez imaginer, peuvent venir abréger cette longue existence.

Un long moment de silence s'ensuivit. Petre guidait paisiblement les pas d'Antonin sur le quai garni de pavés.

– Mais… toutes ces salades, les miroirs, l'ail, l'aube fatale, le sang… qu'est-ce que…

Radescu prit une profonde inspiration.

– Des salades, oui… Les miroirs ? Dites-moi quelle loi issue de la physique la plus élémentaire pourrait nous interdire de voir notre image réfléchie dans un miroir ? Foutaises ! L'ail, oui, ça, par contre, je vous le confirme. Une simple allergie, mais très menaçante, comme certains enfants en font au gluten. « L'aube fatale » ? Que cela est joliment dit… Vous n'avez pas uniquement lutiné vos petites conquêtes dans la salle du Styx, Antonin, vous avez aussi regardé les films ! Oui, c'est exact. La lumière du jour, l'exposition aux ultraviolets provoque chez les… malades… tels que moi d'atroces brûlures. Même à de très faibles doses. Ce n'est pas la seule maladie qui inclut ce symptôme. Quant au sang… Quant au sang, c'est là aussi exact, nous pouvons nous nourrir de bien des façons, mais le sang nous est indispensable. Du sang animal. Toutefois le sang humain est effectivement... comment dire ?... un plus ! Il provoque un véritable coup de fouet dans notre organisme, nous donne une force physique incomparable, qui s'accompagne d'ailleurs d'une grande excitation sexuelle... Curieux, non ? Il doit bien y avoir une explication ! Rationnelle ! Scientifique ! Dans la savane, les fauves sont excités par l'odeur de leurs proies et se montrent capables de véritables prouesses pour les capturer. Pourquoi croyez-vous que j'aie étudié ce mystère depuis tant d'années ? Au début de mon existence, je vivais avec une certaine insouciance, puis peu à peu, j'ai commencé à souffrir. À souffrir de cette vie de paria qui était la mienne. L'humanité vit le jour et dort la nuit, même si, durant les derniers siècles, la tendance se corrige depuis la découverte de la lumière électrique. Nous autres, les vampires, sommes ipso facto condamnés à la marginalité. Nos enfants ne peuvent vivre en société, suivre une scolarité normale, avoir des amis, jouer dans une cour de récréation, réalisez-vous ce que cela représente ? Nous sommes d'emblée stigmatisés, réduits à un destin de maudits. Voilà pourquoi, mus par un instinct de révolte sauvage, la grande majorité des malades atteints de vampirisme basculent dans la folie, la folie la plus sanguinaire, alors que d'autres végètent aux marges les plus sordides, les plus glauques. Leurs crocs, ceux-là mêmes que je viens de vous montrer, effraient le plus tolérant des humains normaux. Qu'ils les dévoilent et aussitôt on se met à les poursuivre, à les chasser ! Voilà la source de quantité de légendes et de ce folklore détestable qui nous entoure ! Je hais Bram Stoker et son prétendu Dracula, je hais Murnau et son Nosferatu, je hais Béla Lugosi, ce misérable cabotin qui s'est fait enterrer dans son costume d'opérette ! Et cette lamentable affaire du pieu planté dans le cœur ! Sornettes ! Nous sommes mortels, Antonin, banalement, tristement mortels ! Mon propre père, paix à son âme, est décédé d'un infarctus ! Mais nous vieillissons à un rythme si lent qu'on a pu tisser sur notre dos ces affligeants racontars ! Et dire que, de surcroît, la malchance qui me poursuit depuis ma naissance a voulu que j'aie vu le jour en Roumanie, dans les Carpates !

À cet instant, Antonin Dartival fut pris d'un fou rire nerveux. Qui n'avait rien de commun avec une hilarité joyeuse, libératrice, bien au contraire. Toute sa formation scientifique le poussait à balayer ce qu'il venait d'entendre d'un simple revers de la main.

– L'enfant vampire n'est pas immédiatement pourvu de canines proéminentes, reprit Radescu avec le plus grand calme, indulgent devant l'attitude de Dartival. Elles ne se développent même qu'assez tardivement, généralement après un siècle, un siècle et demi, c'est là le signe de son entrée dans la maturité, à comparer avec les modifications corporelles que connaît l'adolescent normal à la puberté. Le tout accompagné de manifestations caractérielles très agaçantes ! Vous avez vous-même eu des enfants, et vous voyez bien de quoi je parle !

– Et… cette maladie est-elle contagieuse, transmissible ? Sexuellement, par exemple ? demanda Antonin.

– Absolument pas, mon pauvre ami ! Croyance ridicule ! Pas plus que la progéria. Ressaisissez-vous ! Voilà encore un des effets pervers induits par toute la littérature de pacotille ! Le vampire mord sa victime, et hop, la voilà contaminée ? Non ! Si vous raisonnez ne serait-ce qu'une fraction de seconde, vous serez contraint de l'admettre ! La myopathie est-elle transmissible ? Ou la mucoviscidose ? Par le sang, le sperme, la salive ? Balivernes ! En revanche, la progéria, comme sa cousine que je suis bien contraint de qualifier de vampirisme, tapie au fond des gènes, se perpétue de génération en génération. Exactement comme d'autres maladies du même type, je ne vais pas tout de même vous asséner un cours à peine digne d'une troisième année de médecine ! Les parents porteurs du gène le lèguent à leur descendance, et voilà tout. D'autant que pour mener cette vie, le vampire mâle doit trouver une compagne à sa convenance. Et réciproquement, me direz-vous… Ce qui peut prendre du temps, beaucoup de temps, mais justement, le temps est une denrée dont nous ne sommes pas avares. CQFD. *Asinus asinum fricat !*

L'âne se frotte à l'âne ! Radescu venait de citer une maxime latine qu'Antonin avait presque oubliée. Merlier, son prof en classe de sixième, ne se privait pas de la répéter. Merlier… un personnage hautement pittoresque, un olibrius qui arpentait l'estrade attifé d'un costume de flanelle tout fripé, maculé de poussière de craie et qui ne pouvait s'empêcher de lâcher des pets aussi sonores que malodorants. Toute la classe se gondolait.

– Et comme on le dit en français, qui se ressemble s'assemble ! reprit Petre. Votre Merlier avait raison !

Antonin sursauta. Jamais il ne lui avait parlé de Merlier, ce bonhomme jailli de son passé comme un ludion de sa fiole. Comment Radescu pouvait-il simplement imaginer son existence, et plus encore évoquer son patronyme ?

Mais là n'était pas le plus important. Certes parfaitement iconoclaste, le discours de Petre s'étoffait. L'antithèse de la progéria !? Allons donc, ce ne pouvait être qu'un délire de paranoïaque. Un délire fortement structuré, évidemment, mais un délire dont le mécanisme était décrit dans maints manuels de psychiatrie. Il suffisait d'en accepter les présupposés, si farfelus qu'ils fussent, et tout l'édifice qui suivait ne pouvait être réfuté.

– Non, non, non, vous vous trompez, je ne suis pas paranoïaque, murmura Radescu en resserrant son étreinte sur son bras.

Antonin frissonna, stupéfait d'être ainsi mis à nu. Une fois de plus, Radescu était à même de décrypter le moindre de ses souvenirs, la plus secrète de ses pensées.

– Ne soyez pas surpris ! Quand on vit aussi longtemps que j'ai vécu, mon jeune ami, on apprend à connaître ses semblables, à déchiffrer leur comportement, à disséquer leur fonctionnement mental, c'est tout simplement une affaire d'expérience. De patience, aussi. Voire de talent. En plus de trois siècles d'existence, j'ai appris à exercer cet art. Mais passons. Inutile de gloser. Dans les années 1890-1910, j'ai eu l'intuition que la médecine allait connaître un fabuleux développement. Il n'y avait plus de continent à découvrir, hormis le corps humain. Peut-être allait-il être possible de guérir mes semblables, mais, pour cela, il fallait encore patienter un peu. Ce que je sais faire. Un demi-siècle supplémentaire. Pour moi, ce n'était pas un sacrifice si lourd à endurer. C'est alors que j'ai fait votre connaissance. 1966. Il me fallait un « instrument ». Je n'ai à ma disposition ni laboratoire, ni computers, ni collaborateurs. Je suis seul, désespérément seul. Alors que vous…

– Un instrument !! Vous insinuez que vous avez en quelque sorte programmé ma carrière pour en arriver à… ça ? Que je ne serais qu'une sorte de marionnette que vous avez manipulée ? s'écria Antonin dans ce qui pouvait ressembler à un sursaut de révolte.

– J'insinue, c'est cela même ! Ou plutôt j'affirme – je suis désolé de vous infliger une telle blessure d'amour-propre ! Mais si vous m'interrompez sans cesse, nous allons encore perdre du temps. Quand on a décrypté l'ADN, j'ai immédiatement saisi que la chance me tendait enfin les bras. Et quand j'ai appris que le gène de la progéria avait été identifié, alors l'espoir a encore grandi. Voilà pourquoi je me confie à vous ce soir. Réfléchissez, réfléchissez calmement, taisez-vous… continuons à marcher.

Antonin Dartival avait l'impression qu'un maelström dévastait l'intérieur de son crâne. Radescu guidait toujours ses pas. Ils gravirent les escaliers menant au pont au Change et se dirigèrent vers Notre-Dame.

– Vous pouvez constater que la proximité des crucifix et de l'eau bénite ne me trouble absolument pas, ricana Petre. Venez, entrons !

Ils pénétrèrent dans la cathédrale. Un concert d'orgue venait de s'achever et un public encore nombreux hantait les lieux. Antonin huma l'odeur d'encens. Quelques touristes circulaient en parlant à voix basse tandis que des accros étaient agenouillés sur leur prie-Dieu et égrenaient leur chapelet.

Ils parcoururent la nef centrale.

– J'ai une épouse et quatre enfants, reprit Radescu. Ma femme a souffert plus que toute autre de la maladie. C'est une musicienne hors pair. Une pianiste virtuose. Elle a beaucoup composé. De véritables merveilles. Mais notre marginalité l'a condamnée au désespoir. Elle se meurt à petit feu, de neurasthénie, d'une dépression profonde, appelez cela comme vous voudrez. Mes deux fils, n'en parlons pas, ils tentent de s'adapter. À tout bien considérer, ce ne sont que des petits voyous… Mais comment les accabler, leur adresser le moindre reproche ? Moi aussi, durant ma jeunesse, je me suis livré à bien des frasques, si vous saviez, mon pauvre ami… Je me suis assagi, voilà tout. L'âge aidant, on apprend à composer avec les vicissitudes de l'existence, n'est-ce pas ? Ma fille aînée,

Irina, est elle aussi très malheureuse. Médecin légiste, voilà tout ce à quoi elle a trouvé à se consacrer. Ses diplômes sont archifaux, je les ai payés à prix d'or. Elle est très compétente, mais elle végète. Pour elle, c'est aussi déjà trop tard. Par contre, ma fille cadette – elle s'appelle Doina – pourrait échapper au fléau. Elle est née en 1910. Selon notre échelle du temps – j'entends, à nous les vampires –, elle sort à peine de l'adolescence. C'est une artiste, elle aussi. Elle peint des toiles magnifiques. Mais la maladie la contraint à ne travailler qu'à la lumière artificielle. Je suis persuadé que si elle pouvait sortir au grand jour, laisser éclater tout son talent, elle serait l'égale d'un Van Gogh. Sa vie risque fort d'être totalement dévastée, comme l'a été celle de mon épouse. C'est avant tout pour elle que je m'adresse à vous ! Ma petite fille chérie ! Si elle guérissait, elle pourrait connaître la gloire à laquelle elle peut légitimement prétendre. Je ne veux pas qu'elle souffre comme a souffert sa pauvre maman.

Profondément ému par ce ton de sincérité où perçait une détresse infinie, Antonin se tourna vers Petre. D'épaisses larmes ruisselaient sur ses joues.

– Voici donc ce que je vous propose, reprit Radescu, d'une voix brisée par les sanglots. Ma famille, et moi au premier chef, sommes à votre entière disposition. Convoquez votre équipe, et vous pourrez effectuer tous les examens que vous désirerez. La nuit, évidemment. C'est peut-être une quête un peu folle et le succès n'est pas garanti. Mais comprenez-vous que si vous identifiez le gène responsable de notre maladie, comme d'autres ont identifié le gène à l'origine de la progéria, votre nom restera dans l'histoire de la médecine et dans l'Histoire tout court comme celui d'un génie ? Rendez-vous compte ! Et mieux encore, si vous parvenez à manipuler ce gène, imaginez-vous ce que cela signifie ? La promesse d'une vie prolongée d'un ou deux siècles pour toute l'humanité ! La DHEA et autres molécules boiteuses prétendument antioxydantes seraient bien vite remisées au magasin des farces et attrapes. Lors de mon enfance en Roumanie, l'espérance de vie moyenne ne dépassait quasiment pas la cinquantaine. Nos contemporains refusent désormais de vieillir, une vie de centenaire leur semble déjà bien exiguë, et les magazines s'en donnent à cœur joie en vendant à l'encan d'hypothétiques recettes miracles. Botox pour effacer les rides, et autres fadaises ! Alors que nous, les vampires, nous détenons peut-être la clef d'une révolution inouïe. À mon humble avis, c'est du côté de la télomérase que se situe le cœur du problème…

– Tout cela est insensé ! balbutia Antonin.

Il tentait, en vain, de résister à la stupéfiante force de conviction de Radescu, celle-là même à laquelle il s'était soumis depuis si longtemps, tout en sachant qu'une fois de plus la partie était d'avance perdue.

– Insensé ? De prime abord, je vous le concède, mon cher, mais qu'avez-vous à risquer ? Soit je fabule et vous tordrez bien vite le cou aux élucubrations d'un vieux fou, soit j'ai raison, et alors les

Pasteur et autres Fleming feront figure de misérables dilettantes face au professeur Dartival. En cas de succès, même partiel, c'est le prix Nobel que je vous apporte sur un plateau. Ni plus ni moins. Vous avez dépassé la soixantaine, Antonin, et j'ai misé gros sur vous, votre capacité de réflexion, d'investigation est intacte, vous êtes au summum de vos moyens intellectuels, de votre expérience professionnelle, alors ne perdez pas une seule minute !

Antonin effleura son front couvert d'une sueur glacée. Les jambes flageolantes, il s'assit sur une chaise, à côté d'une jeune bigote plongée dans son missel. Il se mit à marmonner des phrases incompréhensibles, en proie à la plus grande des confusions.

– À cette heure-ci, il n'y a plus de prêtre disponible pour une confession, il faut attendre demain matin, murmura la jeune fille, se méprenant sur la source de son désarroi. Mais si vous le souhaitez, je peux vous proposer mon aide, Notre Seigneur, dans son infinie bonté, comprendrait que...

– Va te faire mettre ! grogna Antonin.

La donzelle, qui dans son for intérieur rêvait que ce vœu fût enfin exaucé, repiqua piteusement du nez dans ses bondieuseries. Radescu avait disparu. Aucun Gitan n'était en vue. Antonin quitta la cathédrale d'un pas chancelant. L'air glacé lui fouetta les joues et l'aida à retrouver un peu de lucidité. Il traversa la Seine après avoir longé la façade de l'Hôtel-Dieu et s'engagea dans la rue de

Rivoli, en direction de chez lui, place du Marché-Sainte-Catherine.

*

Son cerveau était comme en ébullition. Il rassemblait tous les fils de sa mémoire, toutes les ressources de son savoir pour tenter de dresser le bilan de la soirée. L'hypothèse d'un gène responsable d'un vieillissement au ralenti était a priori sans fondement. Et pourtant. La télomérase... Radescu n'avait pas lancé ce terme à la légère. Depuis à peine dix ans, les découvertes se succédaient à une rapidité de plus en plus folle. Dartival s'était bien évidemment tenu informé de l'existence des télomères, ces courtes séquences d'ADN placées à l'extrémité des chromosomes, et produites durant le développement embryonnaire, qui prolongent en quelque sorte les chromosomes et leur assurent une protection contre les effets du temps... Leur raccourcissement est un phénomène qui témoigne du vieillissement cellulaire. Si elles sont absentes, la survie et la reproduction des cellules sont en péril. À chaque cycle de la division de la cellule, la longueur de ces structures diminue. Ainsi, plus les télomères sont courts et plus la cellule, atteinte de sénescence, est menacée. Or, la télomérase est une enzyme qui a pour rôle de réparer les télomères à l'extrémité des chromosomes...

Antonin ne parvenait pas à y croire. Se pouvait-il que, consécutivement à une anomalie génétique accompagnée d'une foule de symptômes des plus fâcheux, comme l'avait indiqué Radescu, une infime proportion de l'humanité bénéficie d'une activité paradoxale de cette enzyme, qui lui assurerait ainsi une durée de vie absolument phénoménale ? Quitte à être affublée de crocs, quitte à craindre la lumière du soleil, à être allergique à l'ail, quitte à se nourrir, ne fût-ce que partiellement, de sang ? Non, ça ne tenait pas debout. Les vampires n'étaient qu'une légende, des créatures nées de l'imagination de charlatans, de sorciers ou de curés qui exerçaient leur pouvoir maléfique en suscitant l'épouvante dans la cervelle de leurs congénères !

À tout prendre, leur existence était aussi improbable que le syndrome de Hutchinson-Gilford ! Et pourtant, les faits étaient têtus, les petits malades atteints de progéria, qui se ressemblaient tous en quelque endroit de la planète où l'on avait pu les recenser, avec leur visage taillé en biseau, leur nez proéminent, leurs oreilles pointues comme ceux des lutins des récits d'*heroic fantasy* – des sosies de l'elfe de maison Dobby, rendu célèbre par les aventures cinématographiques d'Harry Potter –, ces pauvres gosses au crâne chauve, oblong, parcouru de veines saillantes, enduraient leur calvaire sans aucun espoir de guérison. Tout comme Radescu prétendait subir le sien selon un processus biologique rigoureusement inverse ! En quoi la progéria était-elle une maladie plus *vraisemblable*, plus acceptable que celle que Radescu désignait sous le vocable de vampirisme ? Si l'on ne pouvait qu'admettre la terrible réalité de la progéria, selon quels critères scientifiques, ou tout simplement rationnels, pouvait-on réfuter l'éventuelle véracité du vampirisme ?

*

Lorsque Mireille Dartival vit son époux revenir au foyer conjugal à une heure si avancée de la nuit, elle ne put que constater qu'il était en bien piteux état. La mine blafarde, le regard vitreux, le cheveu en bataille, Antonin faisait peine à voir. Mireille le toisa d'un œil sévère, sans mot dire. Depuis quelques mois, il filait un mauvais coton. Une petite allumeuse, détachée du CNRS et spécialisée en biologie moléculaire, avait abouti dans le service que dirigeait son mari. Dans la trentaine, délurée, avec tout ce qu'il fallait au creux des reins et dans le décolleté pour donner un sérieux coup de fouet à la libido déclinante des vieux mâles qui rôdaient dans les parages. Mireille n'était pas née de la dernière pluie. Ses fouilles minutieuses l'avaient amenée sur la piste d'une boîte de Viagra soigneusement planquée au fond d'un classeur dans lequel Antonin rangeait ses archives les plus précieuses. Cette découverte avait provoqué une crise diplomatique avec convocation immédiate du conseil de sécurité du couple Dartival, vote d'une motion de défiance de la part de Mireille, refus de ladite motion de la part d'Antonin, et l'épouse n'étant détentrice d'aucune minorité de blocage et ne disposant d'aucun pouvoir de convocation d'une force d'interposition des Casques bleus de l'ONU, tout était rentré dans l'ordre.

Dont acte.

– Ce n'est pas ce que tu crois ! s'écria Antonin, déterminé à ne pas se laisser pourrir la vie par une de ces séances de jérémiades auxquelles il était abonné.

Le souffle court, Mireille ravala son dépit et partit se coucher. Antonin cueillit une bouteille de scotch au passage et s'enferma dans son bureau.

*

Trois jours durant, il y demeura claquemuré. Sur la porte, il avait scotché un écriteau intimant l'ordre de ne le déranger sous aucun prétexte. Suzanna, la femme de chambre portugaise qui venait tous les matins passer l'aspirateur, repasser le linge et briquer les bibelots, respecta la consigne. Mireille avait filé à Trouville, où les Dartival possédaient une charmante petite maison de pêcheur. L'endroit idéal pour se calmer les nerfs en dégustant des huîtres ou en sirotant des tasses de Darjeeling parfumé à la bergamote. Débarrassé de ce crampon, Antonin avait adressé un fax à son chef de clinique pour l'avertir de son indisponibilité toute temporaire. Le service pouvait tourner sans lui, nul n'est indispensable. Trois jours, soixante-douze heures de liberté durant lesquelles Antonin put se consacrer à quelques recherches de première urgence.

Internet. *Vampires*, *Dracula*, *Nosferatu*. Il suffisait de laisser courir ses doigts sur le clavier pour basculer dans un monde aussi étrange qu'inquiétant.

Les sites dédiés au sujet étaient légion. Des collégiens à peine pubères, fascinés par le folklore gothique ou satanique, déversaient au kilomètre leur prose à l'orthographe plus que hasardeuse sur les innombrables *chats* à leur disposition, mais l'on pouvait aussi parcourir quelques essais plus documentés sur la question ! Dartival éprouvait une honte certaine à pianoter ainsi à la poursuite de chimères. Un médecin de son niveau ne pouvait raisonnablement s'abaisser à consulter une telle littérature. Et pourtant il s'y plia, obéissant avec docilité aux injonctions de Radescu.

Qui n'avait pas été le premier à envisager une explication médicale au phénomène, loin de là. Nombre d'internautes évoquaient la porphyrie, une affection caractérisée par la présence dans l'organisme de porphyrines, des molécules précurseurs de l'hème, la partie non protéique de l'hémoglobine, provoquée par un trouble du métabolisme des dérivés pyrroliques. La maladie est induite par des intoxications aux métaux lourds, ou, dans le cas de la maladie de Günther, s'avère chronique, congénitale, avec des éruptions cutanées bulbeuses sur les régions du corps exposées au soleil. Entre autres célébrités, le peintre Van Gogh ou le roi George III d'Angleterre en étaient probablement atteints. Une porphyrie mixte, associant les signes de la porphyrie aiguë et de la porphyrie cutanée, concerne essentiellement les populations d'Afrique du Sud, d'origine hollandaise, descendant d'un même ancêtre, Berrit Janisz, émigré d'Amsterdam au dix-septième siècle… Les formes de la maladie sont nombreuses, mais la porphyrie dite érythropoïétique présente des symptômes qui peuvent susciter le trouble et évoquer le vampirisme : photodermatite ou hypersensibilité à la lumière qui amène les patients à fuir toute exposition au soleil, troubles neuropsychiatriques induisant des actes de violence, pilosité surabondante, et surtout érichrodontie, à savoir déformation des dents, qui se colorent d'un rouge brunâtre.

À ce stade de sa recherche, Antonin haussa dédaigneusement les épaules. Bon, on pouvait imaginer que jadis, sans traitement adéquat, le malade souffrant de cette affection finissait par ressembler à une créature monstrueuse. Si, de surcroît, il s'agissait d'un nobliau psychopathe vivant dans un château reculé au fin fond des Carpates et pouvant exercer son sadisme envers ses serviteurs, alors l'affaire était bouclée, on tenait l'origine du mythe ! Un chercheur de l'université de Californie, un certain David Dolphin, s'était bâti une petite renommée dans les milieux de passionnés en affirmant ainsi détenir la clef du problème. Divagations ! Billevesées ! Imposture ! Cela pouvait intéresser des scénaristes hollywoodiens en mal d'inspiration mais certainement pas un scientifique digne de ce nom !

Dans un registre plus primesautier, d'autres internautes faisaient référence au « syndrome de Renfield », qui pousse certains individus à consommer du sang, le leur comme celui d'autrui, à des degrés divers de consentement… Syndrome de Renfield, du nom du personnage du roman de Bram

Stoker, que le comte Dracula avait réduit à l'état de misérable créature, de loque totalement dévouée à sa cause. On peut commencer de manière anodine par de simples jeux sans gravité, mais vite dériver vers des pratiques nettement plus condamnables. L'histoire de la criminologie comporte de nombreux cas de ce genre, irréfutables, tel le fameux Peter Kürten, le vampire de Düsseldorf, qui sévit dans les années 1930, et bien plus loin dans le passé, au dix-septième siècle, l'effrayante Élisabeth Bathory, grande figure de la haute noblesse hongroise, qui faisait emplir sa baignoire du sang soutiré à de jeunes filles des campagnes appartenant à ses domaines, une sorte de remède cosmétique destiné à lui conserver une éternelle jeunesse…

Dartival fit également connaissance, via Google, avec les sectes vampiriques qui pullulent aux États-Unis mais aussi en Europe. Certains portails d'accueil lui donnèrent carrément froid dans le dos. Il apprit ainsi que les adeptes les plus déterminés se font tailler les dents en pointe par des dentistes complaisants, voire greffer d'impressionnantes prothèses en forme de crocs, de véritables bijoux en titane, à l'instar des fanatiques d'autres modifications corporelles, ou, encore, que pour accéder au cercle envié des initiés l'impétrant doit lécher la vulve d'une femme durant la période de ses menstrues !

*

À l'issue de ces trois jours d'isolement, Dartival n'était pas parvenu à une conclusion satisfaisante.

Radescu avait semé un tel doute, un tel désarroi dans son esprit qu'il se sentait, comme le pauvre Renfield, captif d'une volonté supérieure, qui exerçait sur lui un pouvoir impérieux, tyrannique, le privant de sa capacité de jugement. Nourri de sandwichs, gavé d'alcool, hirsute, dégageant une odeur douteuse à force de n'avoir pas pris de douche, l'haleine fétide, Antonin était épuisé.

Quand Mireille rentra de son séjour à Trouville, elle en fut effrayée, confortée dans le soupçon que l'état de son époux résultait des agaceries de la péronnelle qui le poussait à prendre du Viagra.

La soirée fut agitée.

6

Et une fois de plus, le substitut Valjean fut contraint d'aller au charbon. Le cadavre, celui d'une jeune femme, avait été découvert dans un square d'Argenville-lès-Gonesse – à quelques kilomètres à peine de Vaudricourt-lès-Essarts – par un employé municipal, le matin du 5 janvier 2008. Le docteur Pluvinage était au rendez-vous. Comme d'habitude, l'équipe de la Brigade criminelle avait dressé un périmètre de sécurité. Quantité de badauds se pressaient alentour, avant de se résigner à vaquer à leurs occupations habituelles, le travail pour ceux qui en avaient, les gosses à conduire jusqu'à l'école pour les mères de famille et, pour les autres, le début des interminables parties de Rapido au bar-tabac du coin de la rue.

– Le corps a été quasiment vidé de son sang, c'est tout bonnement ahurissant ! s'écria Pluvinage en serrant la main de Valjean. Regardez !

Agenouillé, il désignait le cou de la victime, allongée à plat dos dans un bosquet de troènes. Deux trous béants s'ouvraient à la hauteur de la carotide, à droite. Valjean fixa les yeux encore écarquillés qui semblaient scruter le ciel pour le questionner. La bouche était grande ouverte et laissait ainsi voir les billes de piercing qui ornaient la langue. De même, les arcades sourcilières étaient agrémentées d'une série d'anneaux, et le crâne de la fille totalement rasé. Valjean, dans un effort d'imagination méritoire, estima qu'en dépit de ce look pitoyable elle avait dû être assez jolie. Elle portait une robe informe, très courte, des collants déchirés, un blouson de cuir provenant d'un surplus militaire et était chaussée de croquenots qui lui auraient sans doute permis d'escalader une montagne de gravats sans risquer de se tordre les chevilles.

– On a trouvé son portefeuille dans la poche intérieure du blouson, expliqua un des membres de la Brigade criminelle.

Valjean saisit l'objet que le flic lui tendait, en fit soigneusement l'inventaire et fut soulagé de mettre la main sur la carte d'identité de la jeune femme. Sophie Ravenel. Née le 28 février 1986 à Paris XVIIIe. Elle habitait à deux pas de là, 18, allée des Genévriers, une cité HLM de la ville. Le portefeuille contenait également quelques billets de vingt euros. L'assassin ne s'était même pas donné la peine de les rafler.

– Vlad Tepes… murmura Pluvinage d'un air pénétré. La petite séance d'empalement de l'autre jour n'était peut-être qu'une sorte de bande-annonce !

– Si vous pensez que c'est le terme adéquat, rétorqua Valjean avec une grimace. Alors c'est quoi, à votre avis, une histoire de dingue qui joue au vampire ?

– Il semblerait. Auquel cas, il y joue très bien, en respectant toutes les règles. Je vous l'ai dit, cette pauvre fille a été sucée, pompée jusqu'à la dernière goutte.

Le cadavre de l'empalé n'avait toujours pas été identifié, en dépit des recherches. Pluvinage insinuait – et Valjean était enclin à le croire – que les deux affaires étaient liées. Proximité géographique des agressions, contexte « vampirique » dans l'un et l'autre cas, il fallait en convenir, ça se tenait.

– Ou alors, ou alors, ajouta Pluvinage, la mine réjouie, nous avons affaire à un *vrai* vampire !

– Ben voyons ! ricana Valjean. Si j'en crois ce que j'ai vu au cinéma, cette pauvre gamine a été « contaminée », alors elle va se réveiller dans votre salle d'autopsie ! En toute conformité, vous devrez lui planter un pieu dans le cœur pour en venir à bout. Je vous souhaite bon courage.

Trêve de plaisanterie, il fallait avancer. Sophie Ravenel, 18, allée des Genévriers. Le substitut s'y rendit aussitôt, tandis que l'équipe de la Brigade criminelle commençait à embarquer le cadavre dans un fourgon. Valjean était mécontent. L'employé municipal qui avait découvert le corps n'avait pu tenir sa langue et avait narré son exploit au comptoir du Narval, le bar de la place toute proche. Si bien que la rumeur se propageait déjà. Les traces de morsures sur le cou excitaient les curiosités, alimentaient les fantasmes. Une bande de gamins faisaient le pied de grue devant le 18 et saluèrent Valjean et son escorte avec la bordée d'injures habituelles, *sales keufs*, *bâtards*, *bouffons*, autant de noms d'oiseau agrémentés de l'inévitable *nique ta race* en guise de refrain. Valjean resta stoïque.

Au troisième étage du 18, allée des Genévriers, ascenseur face, son équipe défonça la porte et tira du sommeil un certain Martial Doully, vingt-cinq ans, qui pesta tout d'abord contre cette irruption intempestive. À juste titre. C'est vrai, la flicaille aurait pu appuyer sur la sonnette, faire preuve d'un minimum de prévention, sinon de politesse, mais un bon coup de bélier asséné contre le chambranle avait semblé préférable. Habitués aux interventions dans les cités dites sensibles et à tous les désagréments qui pouvaient s'ensuivre, les hommes de l'art avaient opté pour la solution la plus rapide, la plus expéditive.

L'appartement, un deux-pièces plongé dans un fouillis infernal, empestait le shit, le linge moisi, les WC bouchés et autres fragrances encore plus tenaces. Le sieur Doully mit quelques minutes à comprendre pourquoi on l'avait tiré d'un sommeil réparateur après une longue soirée à glandouiller avec sa Wii en fumant ses joints. La rapidité d'esprit, la concentration intellectuelle n'étaient manifestement pas les qualités qui pouvaient définir les contours essentiels de sa personnalité. Il fallut à Valjean beaucoup de pédagogie et de sang-froid pour calmer la beuglante que Doully entama de sa voix puissante. Il se la jouait sévère, façon escadrons de la mort venant liquider une de leurs victimes. Les voisins de palier en furent tout ébaubis.

Valjean, désemparé, ne mit pas très longtemps à comprendre que c'était parti pour la foirade la plus totale. Il fallut annoncer à Doully que Sophie Ravenel, qui paraissait être sa compagne puisque leurs deux noms figuraient accolés sur la boîte aux lettres constellée de tags et de crachats, avait trouvé la mort dans des circonstances assez troubles. Doully ne sembla pas accablé par le chagrin.

– C'est ma meuf, quoâ ! se contenta-t-il de répéter à plusieurs reprises – à ses yeux, l'imparfait n'était pas encore d'actualité.

Doully n'attirait pas particulièrement l'attention. 1,75 mètre, dans les 80 kilos, le cheveu ras, quelques tatouages, de solides poignées d'amour autour des reins, un piercing au nombril, et – mais c'était là un jugement parfaitement subjectif de la part de Valjean – une bonne tête de crétin. On le pria courtoisement d'enfiler un slip et n'importe quelle tenue à sa convenance afin de suivre les officiers de police pour se rendre au palais de justice. Il opta pour un survêtement aux couleurs du PSG et demanda la permission d'aller déféquer avant de quitter le logis. Ce qui lui fut accordé avec bienveillance.

À l'extérieur, les cris et les insultes continuaient de fuser. Le niveau de décibels allait crescendo. En se penchant à la fenêtre, Valjean put constater que le petit groupe de gamins qui l'avaient abreuvé d'injures lors de son entrée dans l'immeuble s'était considérablement étoffé. Selon un scénario convenu, la jeunesse turbulente victime de l'exclusion et du racisme qui habitait les cités voisines s'était rassemblée pour protester contre la répression policière. L'un, abandonnant in petto ses manuels de révision pour le concours d'entrée à Sciences Po, avait alerté ses congénères, l'autre, délaissant sans hésitation aucune son manuel de droit constitutionnel, l'avait imité, un troisième, désespéré d'avoir à interrompre de si bonne heure ses exercices de maths sur les intégrales, les avait rejoints, etc., etc., si bien qu'en moins d'une demi-heure ils furent plus de trois cents...

Valjean comprit qu'il n'allait pas s'en tirer facilement. Une véritable manif, principalement composée d'adolescents issus de l'immigration postcoloniale, faisait à présent le siège de l'immeuble du 18, allée des Genévriers. À l'écart, loin du tumulte, des Asiatiques du même âge restaient indifférents, poussant imperturbablement leurs diables chargés de sacs de riz et de cartons de nems congelés vers l'hypermarché Kang & Frères. On vit même un imam pointer le bout de sa barbe ; homme de paix, de miséricorde et de fraternité, il cherchait simplement à s'informer. La communauté juive était quasiment inexistante à Argenville-lès-Gonesse, sans quoi, fatalement, le rabbin du cru aurait été de la partie. L'archevêque, quant à lui, était en pèlerinage à Lourdes.

Valjean avait déclenché un joli charivari. Les caillasses commencèrent à voler. Des pneus à flamber. Rien de plus facile que de trouver des pneus à incendier un matin de semaine dans une paisible petite commune de banlieue.

– Monsieur le substitut, ça vire intifada. Dans un quart d'heure, si vous ne faites rien, on va se faire canarder à la chevrotine ! remarqua l'un des flics de l'équipe.

Le précédent fâcheux de Villiers-le-Bel était encore à vif dans toutes les mémoires policières. Valjean, coincé, se décida à appeler des troupes supplémentaires. Deux compagnies de CRS furent dépêchées sur les lieux. Pluie de lacrymogènes, grenades soufflantes, tirs de flash-balls, distribution de coups de matraque, le cirque habituel. Les trublions, les sauvageons, au choix suivant la terminologie consacrée, battirent en retraite sans pour autant cesser de vociférer. Les chefs de bande avaient préféré donner l'ordre de repli. À l'abri dans le fourgon blindé dans lequel il avait trouvé refuge, Valjean assista à leur débâcle et se laissa aller à des citations hasardeuses :

> *Le Maure voit sa perte, et perd soudain courage,*
> *Et voyant un renfort qui nous vient secourir,*
> *L'ardeur de vaincre cède à la peur de mourir.*
> *Ils gagnent leurs vaisseaux, ils en coupent les câbles,*
> *Poussent jusques aux cieux des cris épouvantables,*
> *Font retraite en tumulte, et sans considérer*
> *Si leurs rois avec eux peuvent se retirer... heu... heu...*

À cet instant, il sécha. Banal trou de mémoire. *Le Cid*, ça remontait à sa classe de troisième, soit un bon paquet d'années. Époque insensée, obscurantiste, durant laquelle on exigeait des pauvres gosses qu'ils apprennent par cœur des textes de la littérature classique ! Par cœur, oui ! Des méthodes dignes de l'Inquisition ! Le chauffeur du fourgon, sans quitter son volant, de ses deux mains crispées, vola à son secours, et ombrageux, fier, lui qu'on eût dit balourd, déclama très cool, zen, en prenant tout son temps :

> *Pour souffrir ce devoir, leur frayeur est trop forte,*
> *Le flux les apporta, le reflux les remporte !*

Sidéré, Valjean le considéra d'un œil incrédule.
– Ben quoi, j'ai une licence de lettres, ça empêche pas d'être CRS, non ? maugréa le type. Si vous croyez que ça m'amuse ! Besancenot, il est bien facteur, et il a une maîtrise d'histoire, alors ?

La remarque ne manquait pas de pertinence. Valjean en fut sincèrement ému. Ce fonctionnaire obscur, modeste mais viril, en charge des troubles qui submergeaient la ville, devait-il renoncer à toute dignité, et sa soif de culture, la jeter au bûcher ?

*

De retour au palais de justice, le substitut eut à essuyer les remontrances de ses supérieurs hiérarchiques et les sarcasmes de ses confrères. Bravo, la petite virée matinale à Argenville-lès-Gonesse, c'était de la belle ouvrage ! Une équipe de LCI en vadrouille dans les parages, particulièrement friande de toute émeute, avait collecté quelques images. On y voyait Valjean progresser entre deux rangées de CRS et le fameux Doully monter dans un fourgon, les mains menottées dans le dos. Bref, la

Gestapo dans ses plus belles heures. C'était l'ouverture du 20 Heures garantie chez Pujadas et PPDA !

Assis dans le repaire de Valjean, un réduit de quatre mètres sur trois comportant un bureau en ferraille et un classeur à crémaillère aussi affriolant qu'une paire de bas résille plaqués sur les cuisses d'une anorexique, Doully commença enfin à comprendre que Sophie Ravenel – sa meuf quoâ – était bel et bien morte. Valjean ne tarda pas à faire le tour de la question. Doully, abonné au RMI, français de souche et donc préservé des persécutions racistes, c'était toujours ça de pris, vivait aux crochets de sa dulcinée depuis trois ans. C'était elle qui réglait le loyer, les courses au supermarché. Une grande partie du RMI de Doully se perdait dans les cotisations versées à son club de supporters du PSG, les voyages en autocar pour suivre l'équipe et les packs de canettes de bière destinées à fouetter les ardeurs des accros du ballon rond. Doully s'était fait coincer à trois reprises dans les tribunes du KOP de Boulogne en bien mauvaise compagnie, avec drapeau nazi et toute la panoplie attenante, poings américains et nunchakus, mais tout ça c'était bien compliqué pour lui. Doully n'avait pas l'envergure d'un idéologue, ni même la rage d'un nervi fanatisé. Casier judiciaire vierge.

– Qu'est-ce que vous pouvez me dire à propos de Sophie ? lui demanda Valjean.

– Bah, j'la bourrais bien à fond, quoâ, et elle aimait ça, quoâ ! murmura-t-il en hochant la tête en guise d'oraison funèbre. C'était ma feumeu...

– Pardon ? demanda Valjean.

– Bah ouais, d'où qu'tu sors, toi ? C'est du verlan ! *Feumeu*, c'est le verlan de meuf ! Pas compliqué, quand même ! Ah lui, il est nul !

– Ah, pardonnez mon étourderie, s'excusa Valjean, vous m'expliquez à l'aide d'un jargon pittoresque et imagé que Sophie Ravenel était en quelque sorte votre *femme* ? Soit !

Du langage il en va comme de toutes choses, et qui s'en étonnerait forcerait la dose : fi de naïveté concernant ce Doully, aucun doute permis, c'était un abruti !

– Bah ouais, reprit alors celui-ci, ma meuf, elle est vraiment morte, quoâ ?

Valjean confirma d'un simple hochement de tête.

Il n'y avait pas grand-chose à tirer du témoignage de Doully. Au pire, s'il avait été mêlé à l'assassinat de sa compagne, les expertises en apporteraient la preuve. Mais Valjean n'y croyait pas. Le plus sage était tout de même de le coller en garde à vue. L'appartement du couple avait été placé sous scellés mais, au vu des circonstances, il était assez périlleux d'y retourner pour y effectuer les habituelles vérifications. Toute nouvelle intrusion policière risquerait de provoquer des réactions d'hostilité. À tout hasard, Valjean avait fait saisir quelques barrettes de shit très subtilement planquées sous le matelas – quel astucieux stratagème ! –, ce qui permettrait d'expédier Doully à l'ombre pour quelque temps.

*

En fin d'après-midi, Pluvinage appela Valjean. Il avait eu le temps de procéder aux premiers examens. Aucun doute, la jeune Ravenel Sophie était décédée des suites d'une « hémorragie » massive. Les traces de morsures à la carotide pouvaient seules expliquer le décès. Nulle autre lésion n'était en cause.

– Sans rire, poursuivit Pluvinage, cette fille a vraiment été *vampirisée*. Elle est morte comme les gens qui se suicident en se tranchant les veines dans leur baignoire. Ce qui a dû être très lent. C'est la seule explication. Je vous assure, Valjean, il n'y en a pas d'autres ! Mais avant, on lui a fait inhaler du chloroforme ! Elle en a les poumons emplis. Heureusement pour elle, ce peut être une consolation, sa mort a été assez douce. Elle s'est endormie, et puis voilà.

– Un vampire qui anesthésie ses victimes ! ricana Valjean. On est bien partis. Bon, admettons. Mais alors, c'est un type qui a des… des crocs ? Parce que, moi, s'il me prenait la lubie de m'attaquer, au hasard, à ma voisine de palier ou à ma greffière, j'éprouverais quelque difficulté à lui planter mes canines dans le cou ! À supposer que j'y arrive, en m'acharnant, je provoquerais pas mal de dégâts ! Vous êtes certain que ce n'est pas un chien, une sorte de pitbull, ou une saloperie du même ordre ?

Il se souvenait parfaitement des deux orifices, aux contours parfaitement dessinés, qui ornaient le cou de la malheureuse Sophie.

– Valjean, Dieu que vous êtes naïf ! reprit Pluvinage après un court instant de silence. Non, ce n'est pas un chien. L'écartement des… des orifices de morsure correspond exactement à des dents humaines. Rien à voir avec un rottweiler enragé ! Sachez que chez les adeptes des sectes vampiriques, et elles sont nombreuses, les vrais mordus, passez-moi l'expression, n'hésitent pas à se faire arracher les canines et à se faire poser des implants surdimensionnés, de telle sorte que s'ils retroussent les babines vous avez l'impression de vous trouver devant un vampire de cinéma ! À ma connaissance, aucun dentiste français ne se risque à l'exercice, mais aux États-Unis, c'est chose courante !

Coi, abasourdi, Valjean se le tint pour dit. De cette pratique étrange et sauvage, il fallait à tout prix dévoiler le mystère, du criminel hideux remonter la filière, avant qu'il ne commette de nouveaux ravages, et qu'une autre victime ne rejoigne Sophie !

*

Le soir même, Valjean opéra une petite virée à L'Achéron, la boîte gothico-satanico-vampirique de la rue de Lappe, là où travaillait Sophie. Doully en avait fourni les coordonnées, et dans les quelques paperasses saisies au 18, allée des Genévriers, on avait fait main basse sur un dossier qui renfermait une poignée de bulletins de paie et de formulaires de Sécurité sociale. Sophie Ravenel, en dépit de son look désastreux et de son concubinage avec le parasite Doully, n'était absolument pas une marginale et bénéficiait d'un CDI en bonne et due forme, d'une caisse de retraite et même d'un plan d'épargne logement.

Quand il eut pénétré dans la salle de L'Achéron, au plus fort des festivités, Valjean fut saisi de vertige. Cette populace, indolente, juvénile, se vautrait dans la fange, les trémoussements débiles, aucune surprise alors que, dans ces conditions, la malheureuse Sophie ait perdu la raison ! Car comment expliquer, sans ce dérèglement, que cette fille liquidée par un vulgaire sadique ait vu sa destinée basculer brusquement, alors même qu'elle avait conservé tout son fric ? À fréquenter sans cesse, comme par nécessité, une foule de givrés et de nombreux tarés, elle avait provoqué les ardeurs d'un pervers, résolu à la mordre et à la foutre en l'air !

Valjean se massa le front. Cette obsession alexandrine commençait à lui donner la migraine. Une manie contractée à la fréquentation du docteur Pluvinage. Il fallait que ça cesse, qu'il se raisonne, se maîtrise, se libère de cette petite musique grisante, obsédante. Facile à dire quand vous êtes magistrat, de cette si lourde charge endurez les tracas, et que du moindre geste, dicté par le courroux, vous expédiez votre semblable au trou !

Escorté de quelques policiers, il se fit conduire jusqu'au bureau du patron, un certain Athanase Radescu. Sitôt qu'il eut pénétré dans la pièce insonorisée, il poussa un soupir de soulagement, heureux d'être délivré du vacarme heavy metal qui régnait alentour. Athanase Radescu se montra très coopératif. Valjean ne cilla pas devant son allure de petite frappe et son accoutrement parfaitement à l'unisson de sa clientèle.

Radescu expliqua que Sophie était une fille sans problème, travailleuse, ponctuelle. Un des vigiles qui travaillaient dans l'établissement, un certain Saïd, la raccompagnait en voiture chaque nuit jusqu'à Argenville. Il habitait une commune limitrophe. À l'heure où ils quittaient leur service l'un comme l'autre, le dernier RER avait cessé de circuler depuis bien longtemps. Un bel exemple de covoiturage.

– Et certains soirs, précisa Radescu, si Saïd n'était pas disponible, je réglais une course en taxi, en liquide, de la main à la main, les autres employés pourraient vous le confirmer ! Trouver un personnel fiable, pour un chef d'entreprise tel que moi, c'est parfois difficile. Je suis peiné, sincèrement peiné de ce qui est arrivé à Sophie ! Je tenais beaucoup à elle... pour toutes sortes de raisons.

On fit venir Saïd, qui raconta le trajet de la nuit fatidique. À l'en croire, tout s'était passé comme d'habitude. Sophie n'était pas stressée, ne semblait nullement inquiète. Elle s'était d'ailleurs profondément endormie dès l'entrée sur le périphérique.

– J'lai laissée à l'endroit habituel, comme d'hab', il a fallu que je la secoue pour qu'elle sorte de la bagnole. J'lui ai proposé de l'accompagner un peu, mais comme elle avait qu'à traverser le square pour arriver à son immeuble, elle m'a envoyé bouler, précisa Saïd.

Valjean scruta son visage, comme celui de Radescu. Rien ne semblait indiquer qu'ils mentaient. Une fille coincée par un cinglé, dans un square de banlieue, au petit matin, c'était après tout très banal. Même si elle travaillait dans une boîte de nuit fréquentée par une faune de nazes. De toute façon, le juge d'instruction vérifierait en détail, dans la quiétude de son cabinet du palais de justice.

Valjean sortit alors d'une pochette une photographie du supplicié de Vaudricourt. Un portrait en gros plan du visage. Déformé par la souffrance, mais à peu près présentable. Ses traits s'étaient comme radoucis, jusqu'à retrouver un semblant de normalité. Pluvinage avait usé de tout son talent pour parvenir à ce résultat. Le b.a.-ba du manuel de thanatopracteur.

– Vous connaissez ? demanda-t-il d'abord à Radescu.

Lequel prit tout le temps d'examiner le cliché avant de hocher négativement la tête, impassible. Vint le tour de Saïd. Qui ne put retenir un léger tressaillement. Ce qui suffit à Valjean pour pousser l'avantage.

– C'est un de vos clients ? Je veux dire un habitué de L'Achéron ?

– Je… je peux pas le jurer ! balbutia Saïd. Il y a un client qui lui ressemble un peu et qui vient de temps en temps… mais plus jeune, et il a encore tous ses cheveux ! Sur votre photo, votre type, faut dire qu'il tire une drôle de tronche !

– Nous allons vous aider à faire travailler votre mémoire ! Monsieur Radescu, vraiment pas ? reprit Valjean en tendant de nouveau la photographie au patron de L'Achéron.

– Jamais vu… mais si c'est un client, pourquoi pas ? Moi, je passe toute la nuit dans mon bureau, alors que Saïd, il est posté à l'entrée, à scruter les visages pour virer les emmerdeurs éventuels, alors fatalement, il est mieux placé que moi !

Non seulement Radescu ne s'était pas laissé démonter, mais, de plus, l'explication se tenait. Dans les casinos, des employés au profil particulier, dotés d'une mémoire visuelle stupéfiante, filtrent les entrées pour repérer les joueurs qui se sont rendus coupables d'irrégularités. On les appelle des « physionomistes ». Saïd appartenait en quelque sorte à cette curieuse confrérie.

*

On embarqua Saïd jusqu'à la morgue de l'hôpital départemental où le cadavre de l'empalé était placé dans un tiroir frigorifique. Dès qu'on l'en eut extrait, Saïd le reconnut sans coup férir et sans se faire prier. En chemin, Valjean ne s'était pas privé de lui promettre les pires emmerdements s'il ne coopérait pas. L'empalé fréquentait donc régulièrement L'Achéron. Il y venait seul, et non pas en bande, comme la majorité des habitués. Détail supplémentaire, mais qui s'avéra capital, il était toujours accompagné d'un rat qui se tenait perché sur son épaule, avec un petit collier en argent et une laisse… rien d'étonnant à cela dans un tel établissement. Saïd l'avait entendu converser avec une jeune fille qui désirait en acquérir un, mais avec vaccination et certificat vétérinaire en bonne et due forme : hors de question d'aller à la chasse dans les égouts, même pour une fervente adepte du gothisme. L'empalé l'avait encouragée à venir lui rendre visite à son travail, une animalerie du quai de la Mégisserie. Saïd était incapable de préciser l'adresse. Il ne s'agissait que de quelques répliques glanées dans la file d'attente de L'Achéron un mois plus tôt.

Dès le lendemain matin, la flicaille ratissa les animaleries, de la place du Châtelet jusqu'au Louvre. Munis de photographies du visage de l'empalé, les inspecteurs ne tardèrent pas à revenir auprès de Valjean avec le renseignement tant attendu. L'empalé avait désormais un nom : Franck Gravier. Il habitait un studio rue Pixérécourt, studio dans lequel on retrouva son rat, un certain Prosper, lequel, furieux d'avoir été abandonné, s'était vengé en saccageant méthodiquement le mobilier. Emporté par son élan destructeur, il s'en était pris à un câble électrique ; son petit cœur de rongeur n'avait pas supporté la décharge. Puis il fallut prévenir la famille de la victime, qui habitait en province, afin de pouvoir procéder aux obsèques. Les premières investigations menées dans le logis du malheureux Gravier ne permirent aucune avancée. Restaient ses papiers personnels, ses mails, grâce auxquels on reconstituerait son cercle de relations.

Un long travail commençait. Aussi routinier qu'incertain.

DU MÊME AUTEUR

Mémoire en cage
Albin Michel, 1982
Gallimard, « Série noire », n° 2397
et « Folio Policier », n° 119

Mygale
Gallimard, « Série noire », n° 1949, 1984
et « Folio Policier », n° 52

Le Bal des débris
Fleuve noir, 1984
et « Points », n° P2293

Le Secret du rabbin
Denoël, 1986
et « Folio Policier », n° 199

Comedia
Payot, 1988
et « Folio Policier », n° 390

Quelques dimanches en bord de Marne
(avec Patrick Bard)
Éditions Amatteis, 1990

Le pauvre nouveau est arrivé
Manya, 1990
Méréal, 1997

Trente-sept annuités et demie
Le Dilettante, 1990

Les Orpailleurs
prix Mystère de la critique
Gallimard, « Série noire », n° 2313, 1993
et « Folio Policier », n° 2

La Vie de ma mère !
Gallimard, « Série noire », n° 2364, 1994
« Folio », n° 3585
et « Folioplus classiques », n° 106

Du passé faisons table rase
*Dagorno, 1994
et « Folio Policier », n° 404*

L'Enfant de l'absente
*(en collaboration avec Jacques Tardi et Jacques Testart)
Seuil, 1994
et « Points », n° P588*

La Bête et la Belle
*Gallimard, « Série noire », n° 2000, 1995
« La bibliothèque Gallimard », n° 12
et « Folio Policier », n° 106*

Moloch
*prix Mystère de la critique
Gallimard, « Série noire », n° 2489, 1998
et « Folio Policier », n° 212*

La Vigie et autres nouvelles
*L'Atalante, 1998
Casterman (illustrations de Chauzy), 2001
« Folio », n° 4055
et Flammarion, « Étonnants classiques », 2013*

Rouge, c'est la vie
*Seuil, « Fiction & Cie », 1998
et « Points », n° P633*

Le Manoir des immortelles
*Gallimard, « Série noire », n° 2066, 1999
et « Folio Policier », n° 287*

Jours tranquilles à Belleville
*Méréal, 2000
et « Points », n° P1106*

Ad vitam aeternam
*Seuil, « Fiction & Cie », 2002
et « Points », n° P1082*

La Folle Aventure des Bleus… *suivi de* DRH
Gallimard, « Folio », n° 3966, 2003

Mon vieux
Seuil, « Policiers », 2004
et « Points », n° P1344

Ils sont votre épouvante et vous êtes leur crainte
Seuil, « Roman noir », 2006
et « Points », n° P1814

(Les Orpailleurs – Moloch – Mygale – La Bête et la Belle)
« Folio Policier », n° 580, 2010

400 coups de ciseaux
et autres histoires
Seuil, « Roman noir », 2013
et « Points », n° P3222

POUR LA JEUNESSE

On a volé le Nkoro-Nkoro
Syros Jeunesse, 1986, 1997 et 2010

L'Ogre du métro
Nathan, 1988

Paolo Solo
Nathan, 1989
et Pocket Jeunesse, n° 203

Pourquoi demander la lune
Nathan, 1990

Un enfant dans la guerre
Gallimard Jeunesse, 1990

Belle Zazou
Mango Jeunesse, 1992

Lapoigne et la fiole mystérieuse
Nathan Jeunesse, 1993, 2003
et « Folio Junior », n° 1403

La Bombe humaine
Syros Jeunesse, 1994

Lapoigne et l'ogre du métro
Nathan Jeunesse, 1994, 2002
et « Folio Junior », n° 1389

Lapoigne à la chasse aux fantômes
Nathan Jeunesse, 1995
et « Folio Junior », n° 1396

Lapoigne à la Foire du Trône
Nathan Jeunesse, 1997
et « Folio Junior », n° 1416

Les Fantômes de Belleville
Mango Jeunesse, 2002

La Vie de ma mère !
(illustrations de Jean-Christophe Chauzy)
Face A
volume 1, Casterman, 2003
Face B
volume 2, Casterman, 2003

L'Homme en noir
Mango Jeunesse, 2003

RÉALISATION : NORD COMPO À VILLENEUVE-D'ASCQ
IMPRESSION : CPI FRANCE
DÉPÔT LÉGAL : AVRIL 2020. N° 145110 (3036127)
IMPRIMÉ EN FRANCE